ग़ैब का सितारा

मुईन निज़ामी

रौशनी भी है इस अँधेरे में
ख़ामशी है सदा भी आती है

ग़ैब का सितारा

(शायरी)

मुईन निज़ामी

पहला संस्करण : 2020

ISBN : 978-93-86619-08-2

प्रकाशन   :

Anybook

G - 248 2nd Floor

Sector 63

Noida - 201301 [U.P.]

Cell : 9971698930

E-mail contactanybook@gmail.com

Website www.anybook.org

ग़ैब का सितारा : मुईन निज़ामी

GHAIB KA SITARA : A poetry collection by MOIN NIZAMI

लिप्यंतरण : पराग अग्रवाल

आवरण : रेमाधव आर्ट्स

पुस्तक सज्जा : मोरपंख आर्ट्स
कॉपीराइट : मुईन निज़ामी

बयाद
वालिद-मरहूम

प्रोफ़ेसर गुलाम निज़ामुद्दीन मुअज़्ज़मी

मैं इन्हीं खुरचे हुए लफ़्ज़ों का वारिस हूँ

इशारिया

ग़ज़लें

"नज़्में"

पेश वरक़

तख़्लीक़ी तज्रिबा कुर्रा-ए-अर्ज़ पर इंसानी शऊरो-एहसास का सबसे बड़ा लम्हा-ए-मसर्रत है जिसकी सबुक सरशारी बहुत अमीक़ और देर-पा हो सकती है. तख़्लीक़ी तज्रिबात की बशरी तारीख़ में शाइरी ग़ालिबन सबसे क़दीम है और निहायत जलील-उल-क़द्र भी. इसके अनासिरे-तर्कीबी क्या होते हैं, कारगाहे-तख़्लीक़ में मुतनव्वो मुहर्रिकात कैसे तन्ज़ीमी सफ़-आराई करते हैं, इस अमल का नुक़्ता-ए-आग़ाज़ कब और कैसे इर्तिसाम-पज़ीर होता है, तख़्लीक़ी फ़ा'लियत के आग़ाज़, उरूज और इख़्तताम के मराहिल में दिलो-दिमाग़ और उनके मुतअलिक़ात कैसे कारफ़र्माई करते हैं, तारी हो जाने वाले वफ़ूर के मुख़्तसर, मुत्वस्सत या तवील दौरानिये में तसल्सुल या वक़्ती तआत्तुल की क्या कैफ़िय्यत होती है, क्या कोई तख़लीक़ार इस तजरिबे के हस्बे-मंशा इआदा-ओ-तकरार पर क़ादिर है या नहीं, ख़ुद तारीकर्दा तज्रिबे के हासिलात अपने ज़ाहिर और बातिन में किस क़दर अर्ज़िशमंद हो सकते हैं और बसा औक़ात उस तज्रिबे में यास अंगेज़ तवील तआत्तुल क्यूँ वाक़े होता है ? ये और ऐसे ही बीसियों संजीदा सवालात हमेशा से अहले-तजज़िया-ओ-तन्क़ीद का मौज़ू-ए-अंदेशा बनते चले आये हैं और इनके बारे में पुर मग़ज़ रायज़नी का ये पुरकशिश सिलसिला हमेशा जारी रहेगा, काएनात के दमे-वापसीं तक !

पंजाब की एक चिश्ती निज़ामी खानकाह में जनम लेने के बाईस शायरी से मेरी शनासाई शऊर की आँखें खुलते ही शुरूअ हो गई थी. इस रुझान साज़ इल्मी-ओ-सूफ़ियाना माहौल में फ़ारसी, उर्दू और पंजाबी के बेशतर अकाबिर शौरा का मुहब्बत आमेज़ तज़किरा इतनी कसरत से रहता था कि वो सब इस यादगार फ़िज़ा का जुज़्बे-लायन्फ़िक लगते थे. वहाँ शेरो-सुख़न पर मबनी और इससे मुताल्लिक़ मुतादिद कुतब भी मौजूद रहती थी जिन्हें उलटते पलटते और झाड़ पूँछ करते-करते मैं ख़ुद भी रंगों, रौशनियों और ख़ुशबुओं की इस सरमदी कलम री में दाख़िल हो गया. अब बात-बात पर इस्तनादो-इसतश्हाद के लिए पढ़े जाने वाले मेयारी अशआर और मुहाफ़िले-समां में पेश किया जाने वाला उम्दा कलाम मानूसतर होता गया. दुनिया-ए-दवावीन में मेरा दाख़िला अव्वल अव्वल तो क़द्रे-एहसासे-ग़राबत के लिए हुआ था मगर उसने बहुत जल्द एक इम्बेसात अंगेज़ रिफ़ाक़त की हैसीयत इख़्तियार कर ली और ये मेरे हक़ में बहुत अच्छा हुआ !

फिर यूँ हुआ कि ग़ैर महसूस तरीक़े से आहिस्ता आहिस्ता कई अशआर बयाज़े-हाफ़िज़ा में नक्श होने लगे, इनके लफ़्ज़ी-ओ-मानवी मेयार का शऊर उजागर होता गया और स्कूल के सातवें आठवें दर्जे ही में पहुंचा था कि मैं ख़ुद भी तबा आज़माई करने लगा. इस मश्के-सुख़न के बेशतर नमूने मेरे पास महफ़ूज़ हैं और चंद दर चंद अयूबो-नक़ाइस के बावजूद मेरे लिए मता-ए-अज़ीज़ का हुक्म रखते हैं. इस ज़िम्न में मेरे जद्दे-अमजद हज़रत ख़्वाजा गुलाम सदीदुद्दीन मुअज्ज़मीं ने भी मेरी मुशफ़िक़ाना हौसला अफ़्ज़ाई की और वालिदे-मरहूम हज़रत प्रोफेसर गुलाम निज़ामुद्दीन मुअज्ज़मीं ने भी. इन्हीं बुज़ुर्गों के इमां पर मैं अपने जद्दे-अमजद के ख़लीफ़ा-ए-तरीक़त और मुल्क के नाम पर ख़त्तात हज़रत सूफ़ी ख़ुर्शीद आलम, ख़ुर्शीद रक़्म मख़मूर सदीदी लाहौरी से बाक़ायदा इस्लाहे-सुख़न लेने लगा जो शायरी में मेरे वालिदे-गिरामी के उस्ताद भी थे. बाद के मराहिल में मुझे हज़रते-एहसान दानिश और हज़रते शेर अफ़ज़ल जाफ़री से भी इस्तेफ़ादा करने की सआदत हासिल हुई.

एक दिलचस्प और क़ाबिले-ज़िक्र मुआमला ये है कि मैं नौमश्क़ी के इब्तिदाई कई बरस सिर्फ़ पाबंद शाइरी की ही तरफ़ मुल्तफ़ित रहा और रवायती अंदाज़ की ग़ज़लगोई तक ही महदूद रहा. पाबंद नज़्में मुझे पसंद नहीं थीं और आज़ाद नज़्म का मुताला अजीब तरर की ज़हनी मशक़्क़त लगता. चुनांचे मैं जम कर उनका मुताला करने और उनकी तफ़हीमो-कैफ़ अंदोज़ी से महरूम ही रहा. एम.ए. के ज़माना-ए-तालिब इल्मी में मुझे ता हाल ना मालूम ख़ारजी-ओ-दाख़्ली मुहर्रिकात के बाइस आज़ाद नज़्म की सिन्फ़ में इज़्हारो-इब्लाग़ में सहूलतो-राहत महसूस होने लगी और मैंने चंद नज़्में कह डालीं. इसके बाद वो मौक़ा आया कि मैंने नून मीम राशिद, मजीद अमजद और चंद दूसरे नए शायरों का कलाम पढ़ा और फ़िक्रो-बयान की इस नई फ़िज़ा में बहुत आसूदगी देखी.

अब तक शाया होने वाले मेरे पांच मजमूओं में से तीन नज़्मों के हैं और दो ग़ज़लों के हैं, लेकिन हक़ीक़त ये है कि मेरा रौयाई महबूब आज भी ग़ज़ल ही है और वो महबूबाना रवायत के ऐन मुताबिक़ आज भी दस्तरस से दूर ही दिखाई देती है.

"ग़ैब का सितारा" में चार मत्बुआ मज़्मूओं से इंतख़ाब शामिल है और कुछ नया कलाम. इंतख़ाब मैंने ख़ुद किया है लेकिन ये बताना नहीं आ रहा कि इस हवाले से क्या मेयारातो-मवाज़ीन मेरे पेशे-नज़र रहे हैं. कभी कभी हम अपने लाशऊरी अमल की मुकम्मल तौजीह नहीं कर पाते और कभी कभी किसी शऊरी अमल को भी ढंग से बयान करने पर क़ादिर नहीं हो सकते हैं. इंसानी इज्ज़ की भी हज़ारों सूरतें हैं जो सबसे बड़ी हक़ीक़त है.

पाकिस्तान के एक गोशागीर किताब दोस्त, मोहक़्क़िक़, अदीब और शाइर जनाब साहिबज़ादा हसन नवाज़ शाह का इशारा-ए-इख़लासो-तशवीक़ इस सितारा-ए-ग़ैब के तलूअ का बाइस हुआ और अव्वल से आख़िर तक सब से ज़ियादा ज़हमत भी उन्हीं ने उठाई. मेरे दिलो-दिमाग़ उनके लिए सरापा सिपास हैं.

एनीबुक, देहली के जनाब पराग अग्रवाल की ख़िदमत में इज़हारे-तशक्कुर भी वाजिबात में से है कि वो इसके नाशिर हैं. पराग साहब ख़ुद भी बहुत अच्छे सुख़नवर और सुख़न शनास हैं और सबसे बढ़ कर ये कि वो फ़क़ीरों दरवेशों से मुहब्बत रखने वाले अहले-दिल नौजवान हैं. अदबी किताबों की शायाने-शान इशायत के हवाले से वो अपने मुल्क का उभरता हुआ और चमकता हुआ नाम हैं और उनके इदारे की साख भी क़ाबिले-सताइश है. उन्होंने इस किताब की इशायत में ज़ाती तौर पर इतनी मोहब्बत और ज़िम्मेदारी से मेहनत की है कि मेरे लिए क़ाबिले-यक़ीन नहीं है. ऐसे मुख़्लिसाना एहतमाम का शुक्रिया भला किन लफ़्ज़ों में अदा किया जाए !

मैं जनाब शमीम हनफ़ी साहब का भी बेहद ममनून हूँ कि उन्होंने जनाब पराग अग्रवाल की दरख़ास्त को पज़ीराई बख़्शते हुए किताब की इशाहत के बिलकुल आख़िरी लम्हात में, "ग़ैब का सितारा" का "परिचय" तहरीर किया.

"मुईन निज़ामी"

परिचय

हमारे मुल्क की सभी ज़बानों में, ख़ास कर हिंदी में, उर्दू शाइरी और फ़िक्शन से दिलचस्पी रोज़ बरोज़ बढ़ती जा रही है. हिंदी में तो उर्दू ज़बानो-अदब के मुन्तख़ब हिस्सों को मुन्तक़िल करने की रफ़्तार भी इन दिनों ख़ासी तेज़ है. उर्दू शाइरी, उर्दू कहानी और नॉवल, उर्दू तंज़ो-मिज़ाह की किताबें हिंदी रस्मुलख़त में आए दिन मंज़रे-आम पर आती रहती हैं और उनके पढ़ने वालों का हल्का ख़ासा फैलता जा रहा है. पिछले कुछ बरसों में तो उर्दू तन्क़ीद की बहुत सी मिसालें हिंदी रस्मुलख़त में सामने आयी हैं. हिंदोस्तान से ज़ियादा पाकिस्तान का मुआसिर अदब हिंदी क़ारईन के शऊर में अच्छे से जगह बना रहा है. फ़ैज़ अहमद फ़ैज़, मंटो, इब्ने-इंशा, इन्तिज़ार हुसैन, नासिर काज़मी, अफ़ज़ाल अहमद सय्यद और दूसरे कई शाइर और अदीब हिंदी में उर्दू से कम मक़बूल नहीं हैं. शायरात में ज़हरा निगाह, सारा शगुफ़्ता, किश्वर नाहीद और फ़हमीदा रियाज़ का कलाम भी हिंदी हल्क़ों में मक़बूल है.

मुईन निज़ामी साहब के नाम और काम से हिंदी वाले ज़ियादा वाक़िफ़ नहीं हैं. उन्होंने उर्दू तनक़ीद-ओ-तहक़ीक़, तर्जुमे और तख़लीक़ी अदब के मैदान में जो ख़िदमात अंजाम दी हैं, उनकी क़द्रो-क़ीमत का ऐतराफ़ ख़ुद उर्दू के अदबी हल्क़ों में भी जितना किया जाना चाहिए अभी तक नहीं किया जा सका है. उन्होंने हर शो'बे में अपनी इन्फ़रादियत और अपनी इल्मी और अदबी सलाहियतों का एक ख़ास मे'यार क़ायम रखा है. मुईन निज़ामी साहब अदीबों की उस मुख़्तसर जमाअत से तआलुक़ रखते हैं जो आम मज़ाक़ से कभी न तो मरऊब-ओ-मुतास्सिर होती है न आम क़ुबूलियत के फेर में किसी तरह का समझौता करती है. वो ज़बानो-अदब का और तख़्लीक़ी बसीरत का एक गहरा और रचा हुआ मज़ाक़ रखते हैं. उर्दू और फ़ारसी की क्लासिकी रवायत पर उनकी गिरफ़्त बहुत मुस्तहकम है.

मुईन निज़ामी साहब की शाइरी भी एक नीम क्लासिकी और बड़ी हद तक नीम रवायती अंदाज़ रखती है. मगर उनकी सबसे बड़ी ख़ूबी ये है कि वो अपने तज्रिबों की सतह पर कभी फ़रसूदा और पुराने नज़र नहीं आते. ग़ज़लों में आम तौर पर ये रंग ज़ियादा गहरा है, गर्चे उन्होंने ऐसी ग़ज़लें भी कही हैं जिनमें ज़बान के साथ-साथ उन के बयान का उस्लूब भी बदला हुआ है और बोलचाल की ज़बान से क़रीब है. उनकी ग़ज़ल के मज़ामीन में वही रंगा-रंगी नुमायां है, जिससे उर्दू ग़ज़ल पहचानी जाती है. मुहब्बत, तन्हाई और उदासी के तज्रिबों के साथ साथ वो फ़िक्री मसअलों और आम

ज़िन्दगी के तज्रिबों को भी अपना मौज़ूअ बनाते हैं. उन्होंने अपने तज्रिबों के बयान में बिलअमूम अहतियात और ज़ब्त से काम लिया है. न तो उनकी आवाज़ कभी ऊँची होती है न किसी तरह की जज़्बातियत पैदा होती है. उनकी ग़ज़लों में फ़िक्र का उन्सर हावी है.

ग़ज़लों से ज़ियादा मुईन निज़ामी की नज़्में शायरी के नये पढ़ने वालों और शैदाइयों को मुतवज्जेह करती हैं. एक तो इसलिए कि उनकी नज़्मों में आप बीती के साथ जग बीती का बयान भी खुल कर हुआ है. नज़्मों में उनके मौज़ूआत का दायरा उसी तरह फैला हुआ और रंगारंग नज़र आता है जैसी कि आज की इज़्तमाई ज़िंदगी और आम इंसानी माहौल. एक पहलू जो उनकी ग़ज़ल और नज़्म दोनों में साफ़ दिखाई देता है, फ़ितरत और उससे वाबस्ता अलामतों और इस्तिआरों की कसरत है. इसकी वज्ह से मुईन निज़ामी की नज़्में मौजूदा दौर और इसकी फ़िक्री, जज़्बाती, सियासी हक़ीक़तों का एक घना और गंभीर मंज़रनामा मरत्तब करती हैं. लेकिन नज़्मों में भी वो अपने मिज़ाज के धीमेपन और अपने लहजे की संजीदगी को बरक़रार रखते हैं. इतना ज़रूर है कि उनका ज़ख़ीरा-ए-अल्फ़ाज़ (शब्दावली) फ़ारसी आमेज़ी के बाइस आम पढ़ने वालों के लिए कुछ मुश्किलें पैदा कर सकता है.

बहरहाल हम अस्र उर्दू शाइरी का एक रंग ये भी है और इसके अपने मसाइल हैं. हिंदी शाइरी और अदब का आम माहौल बहुत जानदार, भरापुरा और तवाना है. इस माहौल में ज़िन्दगी के आसार के अलावा रौनक़ और चहल पहल भी बहुत है. ख़ास तौर पर मुतवस्सत तबक़े से तआलुक़ रखने वालों में आर्ट और अदब के क़ारईन और शैदाइयों का एक बड़ा हल्क़ा इन दिनों सरगर्म नज़र आता है. इस हलक़े में ज़बान या रवायत या हिन्दोस्तान की मुश्तर्का तहज़ीब (सांझी विरासत) के सिलसिले में किसी भी सतह पर तंग नज़री और तआस्सुब का गुज़र नहीं है. उम्मीद है कि इस हल्क़े में शाइरी की इस किताब का भी ख़ैर मक़दम किया जाएगा.

शमीम हनफ़ी
दिल्ली; ५ फ़रवरी -२०१८

17

ग़ज़लें

☪

सबू रौशन है, ख़ुम रौशन है और पैमाना रौशन है
दिलो-दस्तो-ज़बाने-साक़ी-ए-मयख़ाना   रौशन   है

उसी के वलवले से है जुनूँ की गर्म-बाज़ारी
उसी के परतवे से अक़्ल का काशाना रौशन है

यदे बैज़ा-ए-रहमत ने मुनव्वर कर दिया उसको
मिसाले-शम्अ, ज़ंजीरे-दरे जानाना रौशन है

हम उस महफ़िल में अपनी तीरा-बख़्ती ले के जायेंगे
जहाँ हर ज़र्रा मानिंदे-परे-परवाना रौशन है

हमें चमका दिया उसकी मुहब्बत के उजाले ने
जमाले-हमनशीनी से दिले-दीवाना रौशन है

फ़रोज़ाँ है उमीदे-सुरमा-ए-दहलीज़े-जानाँ पर
हमारी चश्मे-तर किस दर्जा मुश्ताक़ाना रौशन है

कोई नूरे-मुजस्सम आइनाख़ानों में उतरा था
दिलों की रौशनी उस दिन से बेताबाना रौशन है

मैंने कहा था: आज न जाएँ, घोड़े बेहद थके हुए हैं
उसने कहा था: जाना तय है, दुश्मन पीछे लगे हुए हैं

मैंने कहा था: दायें तरफ़ की घाटी में हम छुप जाते हैं
उसने कहा था: नामुमकिन है, तीरों में हम घिरे हुए हैं

मैंने कहा था: ग़ार में काटें हिजरत रुत की पहली रातें
उसने कहा था: उसके बिलों में सांप और बिच्छू छुपे हुए हैं

मैंने कहा था: प्यास के मारे काली रेत पे मर जाएंगे
उसने कहा था: ठीक है लेकिन, दो मश्कीज़े भरे हुए हैं

मैंने कहा था: इससे आगे छुपने की क्या सूरत होगी?
उसने कहा था: डरते क्यों हो? आगे क़िलए बने हुए हैं

मैंने कहा था: दो ही हैं हम शहरे-सितम से जाने वाले ?
उसने कहा था: बस्ती में कुछ और भी साथी रुके हुए हैं

मैंने कहा था: सुनते हो तुम पीछे पीछे आती टापें ?
उसने कहा था: हम भी अजब हैं, दो राहे पर रुके हुए हैं

21

मैंने कहा था अब क्या होगा? दुश्मन सर पर आ पहुंचा है
उसने कहा था: ग़ार के मुंह पर लाखों जाले तने हुए हैं

मैंने कहा था: ये तो बताओ किसकी तरफ़ मेहमानी होगी?
उसने कहा था: यसरब-वाले इक दूजे से बढ़े हुए हैं

मेरे मुर्शिद हैं हू-ब-हू ख़ाजा
जैसे बैठे हों रू-ब-रू ख़ाजा

हो गयी ख़त्म आपके दर पर
शैख़े-कामिल की जुस्तजू ख़ाजा

मेरे माँ बाप उनपे क़ुरबां हों
चिश्तियों की हैं आबरू ख़ाजा

मेरे मयख़ाना-ए-तरीक़त में
मयो-जामो-ख़ुमो-सबू ख़ाजा

मेरा दम भी समाअ में निकले
अब यही है इक आरज़ू ख़ाजा

लाज रक्खेंगे नाम के सद्क़े
मुझको कर देंगे सुर्ख़रू ख़ाजा

मुझको भी तुझसे ख़ास निस्बत है
दिल है अजमेर और तू ख़ाजा

बे मेहरिये दोस्ताँ अलग है
और उसपे ग़मे-जहाँ अलग है

एहसाब अलग थके हुए हैं
और दिल है कि सरगिराँ अलग है

उस रंज को बीच में न लाओ
उस रंज की दास्ताँ अलग है

मौक़ूफ़ है जो तिरी नज़र पर
वो लज्ज़ते-जाविदाँ अलग है

सरसब्ज़ है जो तिरे करम से
वो शाख़े-मलाले-जाँ अलग है

ऐ मजम:-ए-इल्मो-फ़ज़्लो-दानिश
तुम सबसे मिरा बयाँ अलग है

लगता है मैं अजनबी हूँ तुममें
लगता है मिरी ज़बाँ अलग है

☪

सरो-सामाने-बेख़ुदी बहुत है
हमारे दिल को दरवेशी बहुत है

क़नाअत को जहाने-रंगो-बू में
मता-ए-गोशा-अंदेशी बहुत है

रहें क्या ख़ाक दुनिया में कि इसमें
रवाजे-मसलिहत-केशी बहुत है

कमो-बेशे-ग़मे-दिल है मुअम्मा
कमी थोड़ी सी है, बेशी बहुत है

अज़ीज़ों की नमकपाशी की ख़ातिर
हमारी ख़ू-ए-दिलरेशी बहुत है

☪

जिसका नेहमुल बदल नहीं मिलता
हमसे वो आजकल नहीं मिलता

अपनी ग़ज़लें तो भेज देता है
ख़ुद वो जाने-ग़ज़ल नहीं मिलता

उसकी बातों में, मेरी बातों का
कोई रद्दे-अमल नहीं मिलता

देर अगर एक पल की हो जाये
उम्र भर फिर वो पल नहीं मिलता

कुछ हमारी तरह भी होते हैं
सबको नीयत का फल नहीं मिलता

☾

मेरे चारों तरफ़ है थल साईं
मेरा दिल भी गया है जल साईं

शाख़े-अंगूर है बदन तेरा
और आँखें हैं उसका फल साईं

तेरी आँखें हैं इस तरह जैसे
हो कोई शेरे-बर-महल साईं

जैसे तारों भरी हो झील कोई
और उसमे हों दो कंवल साईं

जैसे ख़ैय्याम की रुबाई हो
जैसे हाफ़िज़ की हो ग़ज़ल साईं

अकेला दिल है और लागू हैं इसको रोग सारे
उधर नाख़ुश हुए जाते हैं घर के लोग सारे

कहाँ तक ले के जाएँ हम भला बारे-मरासिम
भला कब तक घसीटें साथ ये संजोग सारे

उसी गुम्बद से एहले-दर्द को मिलती है रोज़ी
कबूतर जा के चुगते हैं वहीं से चोग सारे

हमारी जोगियों की नस्ल से निस्बत है क़ल्बी
मलंगों को नए लगते नहीं ये जोग सारे

कहीं ऐसा न हो जिस रोज़ हम दुनिया से उठें
अकेले भोगने पड़ जाएँ तुमको सोग सारे

एहसास तक नहीं हुआ आरामे-ख़ाक में
आधी सदी गुज़र गयी इबहामे-ख़ाक में

मैं चाँदनी बनूँगा जो उम्रे-दिगर मिले
इक बार आ के देख लिया दामे-ख़ाक में

मिट्टी के मसअलों की ख़बर कुछ मुझे भी है
रहता रहा हूँ मैं भी दरो-बामे-ख़ाक में

मिट्टी का रास्ता है तवील और मुख़्तसर
आग़ाज़े-ख़ाक ही तो है अंजामे-ख़ाक में

मिट्टी से मावरा भी कोई शय बदन में है
इक सले-नूर भी तो है पैग़ामे-ख़ाक में

जुज़ तीरगी, दिलों की सियाही में कुछ नहीं
अब देर इस नगर की तबाही में कुछ नहीं

दीनारें कर्ज़ो-दिरहमे-ख़ैरात के सिवा
अब के बरस ख़ज़ान:-ए-शाही में कुछ नहीं

है मोहरे-ख़ास भी किसी ख़ाजासरा के पास
अब इख़्तियारे ज़िल्ले-इलाही में कुछ नहीं

जो लोग कम-नसब हैं हज़र उनसे कीजियो
इन सिफ़्लगाँ की पुश्त-पनाही में कुछ नहीं

मैं इतना जानता हूँ कि अब तक तिरे सिवा
दिल के ख़ला-ए-लामुतनाही में कुछ नहीं

अजीब शहर से निकले हैं आज हम सरे-शाम
पकड़ रही है हर इक रह-गुज़र क़दम सरे-शाम

शफ़क़ के रूप में छिड़का है ज़ख़्मे-दिल पे नमक
किया है दस्त-हिनाई ने ये करम सरे-शाम

न जाने भेजे हैं किसने ये रंग रंग के फूल
न जाने किसने किया हमपे ये सितम सरे-शाम

ये रंगे-तब्हे-हज़ीं जानेमन नया तो नहीं
ये रंज रोज़ ही होता है बेशो-कम सरे-शाम

ख़ुदा का शुक्र कि रोका तो रुक गया वो मुईन
ख़ुदा का शुक्र कि टूटा नहीं भरम सरे-शाम

☪

ज़मीनें जल रहीं हैं और शजर सैराब हैं सारे
मनाज़िर इस नगर के किस क़दर शादाब हैं सारे

धुएं में सांस लेती टहनियों पर चहचहाते हैं
परिंदे मुख़्तलिफ़ रंगों के जो नायाब हैं सारे

कहीं सूरज भी क़ैदी है किसी तारीक ज़िन्दाँ में
कहीं ज़र्रे भी ताबाँ सूरते-महताब हैं सारे

यहाँ आसेब की तहवील में है नींद की देवी
यहाँ के लोग ख़्वाबों के लिए बेताब हैं सारे

दिलों में एक दुःख सा है घरों में कुछ न होने का
मुहैया सारी बस्ती को मगर असबाब हैं सारे

☪

इस फ़ाले-ख़ुश-अदा में कुशूदे-सितारा है
पस-मन्ज़रे-शजर में नुमूदे-सितारा है

पहले ये तय करो कि उफ़ुक़ है भी या नहीं
बेकार बहसे-बूदो-नबूदे सितारा है

फिर दिल में उसके ख़्याल की ख़ुशबू सुलग उठी
फिर मुज्मिरे-ख़याल में ऊदे-सितारा है

क्या दिन में उनके होने से इंकार है तुम्हें
क्या सिर्फ़ रात ही को वुजूदे-सितारा है

फिर इन्तहा-ए-शब में चली कैफ़ की हवा
चारों तरफ़ सदा-ए-दुरूदे-सितारा है

उस माहरुख़ ने ख़्वाब भी देखा अजीब सा
वो है और उसकी सम्त सुजूदे-सितारा है

अब हम हैं और ख़ाले-लबे-यार है 'मुईन'
अब दिल है और गुफ़्तो-शुनूदे-सितारा है

तराशा हुआ बदन है सरापा समन सफ़ेद
मरमर का ख़्वाब है वो बुते-सीम-तन सफ़ेद

शोला हो जैसे शीश:-ए-महताब में कोई
जचता है किस क़दर उसे ये पैरहन सफ़ेद

पायी है दो जहाँ ने तिरी ओढ़नी की भीख
इस नूर से हुए हैं ज़मीनो-ज़मन सफ़ेद

रंग एक एक करके हवा हो गए सभी
उसके हुज़ूर हो गया सारा चमन सफ़ेद

मलबूस है पसंद हमें एक सा 'मुईन'
सादा, खुला खुला सा, शिकन दर शिकन, सफ़ेद

☪

कहाँ तलक कोई करता रहे नज़ार:-ए-लब
चटख के टूट किसी रोज़ संगपार:-ए-लब

हुज़ूरे-यार दिले-ज़ार लेके बैठा है
वही सकूत का सौदा, वही ख़सार:-ए-लब

तिरे लबों से वराये-सुख़न भी मतलब है
कि गुफ़्तगू तो है ख़ाकिस्तरे-शरार:-ए-लब

हम इसको तिल नहीं कहते कि ख़ाल-ख़ाल है ये
है तेरे गोश:-ए-लब पर जो इक सितार:-ए-लब

हमें बहुत है, अगर उम्र भर मयस्सर हो
ये तेरा गोश:-ए-चश्म और तिरा किनार:-ए-लब

ये हदें न तोड़ देना, मिरे दायरे में रहना
मुझे अपने दिल में रखना, मिरे हाफ़िज़े में रहना

मिरा बोझ ख़ुद उठाना, मिरा कर्ब आप सहना
मिरे ज़ख़्म बाँट लेना, मिरे रतजगे में रहना

मिरे मंज़रों में बसना, मिरी गुफ़्तगू में होना
मिरे लम्स में समाना, मिरे ज़ायक़े में रहना

मिरा हुक्म ख़ुद सुनाना, मिरी मोहर ख़ुद लगाना
मिरे मश्वरे में होना, मिरे फ़ैसले में रहना

कभी धूप के नगर में मिरा साथ छोड़ जाना
कभी मेरा अक्स बनकर मिरे आइने में रहना

कभी मंज़िलों की सूरत मिरी दस्तरस से बाहर
कभी संगे-मील बनकर मिरे रास्ते में रहना

मिरे हाथ की लकीरें तिरा नाम बनके चमकें
मिरी ख़ाहिशों की ख़ुशबू, मिरे ज़ायचे में रहना

☪

सफ़ा-ए-ख़ातिरे-अग़यार हूँ अजब मैं हूँ
कदूरते-दिले-दिलदार हूँ अजब मैं हूँ

नहीं गुलाम मिरे हलक:-ए-हताहत में
सो अब मैं अपना ही सरदार हूँ अजब मैं हूँ

मैं दोस्ती के ये धागे तो काट सकता नहीं
ये और बात कि तलवार हूँ अजब मैं हूँ

वो जानता है कि बैयत नहीं करूंगा मैं
के मैं विलायते-इंकार हूँ अजब मैं हूँ

कई तिलिस्म नुहुफ़्ता हैं तह-ब-तह मुझमें
किसी फ़क़ीर की दस्तार हूँ अजब मैं हूँ

बना हुआ हूँ सरापा अगरचे दस्ते-जुनूँ
मगर तसर्रुफ़े-बेकार हूँ अजब मैं हूँ

साबित क़दम नहीं है तो तलवार मत उठा
यूँ सरसरी सी ज़हमते-पैकार मत उठा

सौदा नहीं है सर में तो फिर सर-बरहना रह
मश्क़े-जुनूँ नहीं है तो दस्तार मत उठा

ये ख़िलअते-शही नहीं, मलबूसे-फ़क़्र है
दिल डगमगा रहा है तो ये बार मत उठा

ज़ादे-सफ़र में दिल के सिवा और कुछ न रख
दुनिया का साज़ो-रख़्त है बेकार मत उठा

कासा ब-चश्म बैठ सरे-ख़ाने-ख़ामशी
बेइज़्ने-यार रेज़:-ए-गुफ़्तार मत उठा

ख़ाकिस्तरे-फ़िराक़ से तामीरे-वस्ल कर
अब और नाज़ ऐ दिले-बेज़ार मत उठा

अपनी तरफ़ सफ़र पे मेरी जाँ मुझे न टोक
ये रास्ता न रोक, ये दीवार मत उठा

अतराफ़े-ए-चश्मे-यार में आसारे-गिरिया हैं
रुख़सारो-लब तमाम अज़ादारे-गिरिया हैं

लब खंद से हमारा इलाक़ा नहीं कोई
हम सरख़ुशे-मलाल हैं, सरशारे-गिरिया हैं

इस बज़्मे-ए-खंदा-हाये मुकर्रर में एक हम
शायाने-ए-रंजो-ग़म हैं, सज़ावारे-गिरिया हैं

सहरा-ए-क़हक़हा में ग़नीमत समझ हमें
हम शाख़सारे-हुज़्न हैं, गुलज़ारे-गिरिया हैं

हम शहर में न हों तो यहाँ क़हते-अश्क हो
सर्गश्तगाँ ही गर्मी-ए-बाज़ारे-गिरिया हैं

दिल के खंडर में ताबिशे-लालो-गुहर कहाँ
ख़ामोश हो रहो कि ये अनवारे-गिरिया हैं

ऐसा नहीं कि माँग ही इस जिन्स की नहीं
कुछ लोग आज कल भी ख़रीदारे-गिरिया हैं

हम तक पहुँच गये हो तो रोना है ना-गुज़ीर
हम   ख़ानक़ाहे-इश्क़   में   दीवारे-गिरिया   हैं

अहले-समाअ हैं कि नहीं, जानते नहीं
हाँ ये ज़रूर है कि तलबगारे-गिरिया हैं

मिज़्गानो-चश्मो-अश्क से हटकर भी गिरिया है
तशरीह क्या करें कि ये असरारे-गिरिया हैं

मसनद-नशीने-नौहा   बनाए   गये   'मुईन'
जो देखता है, कहता है सरकारे-गिरिया हैं

☪

मंज़ूर उस निगह को बयाने-इशारा है
क्या हममें कोई एहले-ज़बाने-इशारा है

फिर दिल समझ न पाया कि चैने-जबीं है क्यों
फिर से खिंची हुई वो कमाने-इशारा है

अबरू-ए-यार ! हम अभी इस गू-म-गू में हैं
क्या ये इशारा है कि गुमाने-इशारा है

रूहे-सकूत कहते हैं इस गुफ़्तगू को हम
ख़ामोशी-ए-सुख़न है कि जाने-इशारा है

ज़िन्हार भूल कर भी सराहत न चाहियो
इबहाम का महल है, ज़माने-इशारा है

उसी   ख़ेम:-ए-क़िस्साख़ानी   में   रहते
वहीं   सेहरे-शीरीं-बयानी   में   रहते

वहीं बादलों में ठहर जाया करते
किसी   कूच:-ए-आसमानी   में   रहते

कहानी के भेदों भरे पेचो-ख़म में
किसी   दफ़्तरे-दास्तानी   में   रहते

हमें   क़द्रो-क़ीमत   नहीं   चाहिए   थी
इसी   किश्वरे-रायगानी   में   रहते

पड़े रहते ख़ुसरो के क़दमों की जानिब
महाराज   की   राजधानी   में   रहते

☪

मुर्शिद का ये क़ौल मुख़्तसर है
दिल जो भी कहे वो मोतबर है

सोचो तो ये सीमो-ज़र हैं ख़ाकी
देखो तो ये ख़ाक सीमो-ज़र है

गिरदाबे-गुनाह में फंसे हैं
दामाने-दिलो-निगाहतर है

चढ़ती हुई आबजू-ए-ग़ाफ़लत
कुछ दिन से बहुत उरूज पर है

इस धूप में अपनी शाख़े-ग़म पर
अच्छा है कि कुछ तो बर्गो-बर है

बेकारि-ए-आशिकां सलामत
ये बेहुनरी भी इक हुनर है

कुछ सोच के उससे बात करना
उसको तो दिलों की भी ख़बर है

वो सर्व ही दिल के काम आया
समझते थे निहाले-बेसमर है

मैं कहता हूँ ख़ुद से ख़ौफ़ खाकर
हूँ मैं ही यहाँ, कोई अगर है

चाही थी बक़ा-ए-इश्क़ लेकिन
दरपेश फ़ना की रहगुज़र है

जाते हैं अदम को जाने वाले
है कोई जो इनका हमसफ़र है

तजरीदे-तमाम किसने पायी
मरक़द से भला किसे मफ़र है

बेनामो-नमूद है नविश्ता
गुमनाम हमारा नामाबर है

☪

मर्दे-मैदां है तो शोरीदा-सरी पेशा करें
वरना अच्छा है फ़क़त ख़ुश-नज़री पेशा करें

इश्क़ से बढ़ के भी है कोई यहाँ फ़न्ने-शरीफ़
इश्क़ करते हैं सो क्या पेशावरी पेशा करें

काम मुश्किल है, हम आगाह किये देते हैं
जिनसे निभ जाये, वही दर-बदरी पेशा करें

कुछ कमाया नहीं बाज़ारे-ख़बर में रहकर
बंद दुक़्क़ान करें, बेख़बरी पेशा करें

देखें क्या मोजज़ा दिखलाता है मिट्टी का हुनर
चाक पर हाथ रखें, कूज़ागरी पेशा करें

वो उठा जिद्दतो-तजरीद का तूफाँ कि यहाँ
एहले-फ़न हैं वही जो कजहुनरी पेशा करें

तीराचश्मी के फ़ज़ाइल हैं मुसल्लम, लेकिन
आप मुख़्तार हैं गर दीदावरी पेशा करें

रियाज़े-मक़दो-मेहराब   में   बसर   की   है
मुज़्श्तराब   अजब   ख़ाब   में   बसर   की   है

किसी   सबब   की   ज़रुरत   नहीं   पड़ी   है   हमें
कुछ   ऐसे   आलमे-असबाब   में   बसर   की   है

रहे-सुलूक   से   सीखा   है   ज़िंदगी   का   चलन
तमाम   उम्र   कुछ   आदाब   में   बसर   की   है

ज़मीन   कहती   है   पानी   से   मुझको   ज़िंदा   कर
कि   मैंने   सूखते   तालाब   में   बसर   की   है

उस   एक   शाम   के   मक़रूज़   थे   किसी   के   मगर
ये   शाम   भी   उन्हीं   अहबाब   में   बसर   की   है

पढ़ा   जो   पहले,   'गुलिस्ताँ'   का   बाबे-पंजुम   था
सो   हमने   उम्र   इसी   बाब   में   बसर   की   है

तुम्हारी   तुमको   ख़बर   हो   'मुईन',   हमने   तो
इन्हीं   खिंचे   हुए   अहसाब   में   बसर   की   है

सवाल उससे हमारा कहाँ निबाह का है
मुतालबा है मगर सिर्फ़ इक निगाह का है

हमेशगी के मरासिम तो दिल को रास नहीं
इलाज इसका वही रब्त गाह-गाह का है

मैं दीने-इश्क़ में तौहीद का जो क़ायल हूँ
तो मोजिज़ा ये तिरे हुस्ने-बेपनाह का है

विसालो-हिज्र से मैं किसका इंतख़ाब करूँ
यहाँ पे ख़ुद से मुझे ख़ौफ़ इश्तबाह का है

ख़बर नहीं है अभी उसकी कम-निगाही को
कि एक मरहला ख़ुद ये भी रस्मो-राह का है

मुअर्रिख़ों को किसी और पर न शक गुज़रे
कि मुझको मारने वाला मेरी सिपाह का है

☪

पहले ही दिन खुला ये जवाबो-सवाल में
कुछ हुस्न उसके दिल में है, कुछ ख़द्दो-ख़ाल में

सैलाबे-शौक़ मेरा तवाज़ुन तो ले गया
लेकिन वो ख़ुशमिज़ाज रहा एतदाल में

जिस्मों से मावरा भी हक़ायिक़ बहुत से हैं
पायी है दिल ने रौशनी शामे-विसाल में

आयी है बारहा तिरे आने से पेश्तर
पाज़ेब की छनक मेरे कुंजे-ख़याल में

तुझसे मिला न था तो यही सोचता था मैं
इंसान ख़ुद कफ़ील नहीं है जमाल में

47

☪

दयारे-शौक़ में आया हुआ था दूर से मैं
मिला तवाफ़-कुना एक मौजे-नूर से मैं

मैं पूछता था कि रहता है कौन इस घर में
मिरे जवाब में कहती थी वो ग़ुरूर से: मैं

फिर उसने ख़ुद ही कहा शाने-दिलरुबाई से
कि आज इधर को चली आयी कोहे-तूर से मैं

मैं सोचता था कहीं ये भी वस्वसा ही न हो
डरा हुआ था बहुत नफ़्स के फ़ुतूर से मैं

वहाँ पे सूर:-ए-असहाबे-फ़ील सुनता था
फ़ज़ा-ए-क़ुद्स में उड़ते हुए तयूर से मैं

यक़ीन हो गया सिद्क़े मुकाशिफ़ा का मुझे
सो सजदा-रेज़ हुआ क़ल्बे-ना सबूर से मैं

फिर एक कपकपी शिद्दत सी मुझ पे तारी हुयी
लरज़ता फिरता था इक वज्द के वफ़ूर से मैं

दिलो-नज़र पे था इल्हामे-कैफ़े-दाऊदी
कि पढ़ रहा था कई आयतें ज़बूर से मैं

क़रीब था कि मैं मदहोश होके गिर जाता
कुछ ऐसे मस्त हुआ लज़्ज़ते-सुरूर से मैं

ख़याल ही न रहा मुझको सात फेरों का
बिछड़ गया था कहीं पर मेरे शऊर से मैं

वहीं कहीं वो तजल्ली भी जुज़्बे-ग़ैब हुई
उसी को मांगने आया हूँ अब हुज़ूर से मैं

☪

कहानी मुख़्तसर है अय्युहन्नास
मुक़ामे-अलहज़र है अय्युहन्नास

म'आले-अहले-ग़फ़लत से ख़बरदार
कि दुनिया बेख़बर है अय्युहन्नास

जिसे जितना है दावा-ए-बसीरत
वो उतना बेबसर है अय्युहन्नास

मुसल्लम जिसकी ग़द्दारी है वो घर
हमारा मुस्तक़र है अय्युहन्नास

समझते हैं जिसे हम क़स्रे-इशरत
वो इबरत का खंडर है अय्युहन्नास

जो दाना थे ख़राबों में रहे हैं
वहीं गंजे शकर हैं अय्युहन्नास

क़बा-ए-फ़क़्र हो या दलक़े-शाही
ख़सारा सर-ब-सर है अय्युहन्नास

हुदूदे-मंज़िले-नेमत से आगे
शिकायत का नगर है अय्युहन्नास

हुनर तो उम्र सारी मांगता है
फ़क़ीरी भी हुनर है अय्युहन्नास

गली कूचों में दरवेशों की सूरत
ख़ुदा ख़ुद दर-ब-दर है अय्युहन्नास

*   *   *   *   *

क़ताले-सब्र में मद्दे-मुक़ाबिल
तलब सीना सिपर है अय्युहन्नास

हमारे सामने रज़्मे-रज़ा में
तलब तेग़ो-तबर है अय्युहन्नास

तलब ज़रतुश्त का आतिशकदा है
ये शोला है, शरर है अय्युहन्नास

तिलिस्मे-सामरी का सहर पारा
ये गावे-सीमो-ज़र है अय्युहन्नास

है ये आतिशफ़िशां लेकिन बिलाख़िर
चराग़ो-रहगुज़र है अय्युहन्नास

जो ताजे-तर्क ज़ेबे-सर करेगा
वो शाहे-बहरो-बर है अय्युहन्नास

यहाँ जो ज़हर को भी शहद समझे
वही गंजे-शकर है अय्युहन्नास

न रख्खो आतिशो-पम्बा को यकजा
कि इम्काने-ज़रर है अय्युहन्नास

उयूबे-दुश्मनाँ से चश्मपोशी
निशाने-दीदावर है अय्युहन्नास

अगर करता है अपनी पर्दादारी
तो नक़्से-पर्दादर है अय्युहन्नास

मदारे-जिस्मो-जां किस चीज़ पर था
मदार इस चीज़ पर है अय्युहन्नास

जो अपनी मौत से पहले मरेगा
वही बन्दा अमर है अय्युहन्नास

*　　*　　*　　*　　*

नसीबों में नहीं है चश्मे-पुरनम
मगर दामाने-तर है अय्युहन्नास

शबे-इसियां का ये नज्मे-नदामत
वली एहदे-क़मर है अय्युहन्नास

ये तम्हीदे-तुलू-ए-रौशनी है
ये तश्बीबे-सहर है अय्युहन्नास

हम ऐसे नाक़िसों को ले के चलना
कमाले-राहबर है अय्युहन्नास

हमारे अपने ही हाथों में अपनी
कमंदे-ख़ैरो-शर है अय्युहन्नास

हमारी नीय्यतों की घाटियों में
हमें खुद से ख़तर है अय्युहन्नास

कहाँ जाएँ, हमारे रहज़नो का
हमारे दिल में घर है अय्युहन्नास

पहुँच जाने का नश्शा है हलाकत
कि ये साहिल भंवर है अय्युहन्नास

*   *   *   *   *

हमेशा बेसमर रहने की लज़्ज़त
मुहब्बत का समर है अय्युहन्नास

पनह देता है जिसको सबका साया
मुहब्बत वो शजर है अय्युहन्नास

मुहब्बत को है ज़ेबा बादशाही
मुहब्बत शेरे-नर है अय्युहन्नास

मुहब्बत कोई बीमारी नहीं है
मुहब्बत चारागर है अय्युहन्नास

जो अपने शर से डरना जानता हो
वही सच्चा निडर है अय्युहन्नास

जो फ़ितना मानये-परवाज़ होगा
वो फ़िक्रे-बालो-पर है अय्युहन्नास

*   *   *   *   *

मिरे ज़र्रों से बनते हैं फ़रिश्ते
ये मेराजे-बशर है अय्युहन्नास

शराबे-इश्क़ो-ख़ुर्मा-ए-मुहब्बत
मिरा ज़ादे-सफ़र है अय्युहन्नास

ये बातें इल्मो-दानिश की नहीं हैं
ये फ़ैज़ाने-नज़र है अय्युहन्नास

ये तासीरे-कुतुबख़ाना नहीं है
ये सुहबत का असर है अय्युहन्नास

ये मिट्टी की खुसूसीयत नहीं है
ये फ़न्ने-कूज़ागर है अय्युहन्नास

रिवायत पर यक़ीं करना पड़ेगा
कि रावी मोतबर है अय्युहन्नास

☪

अधूरा रह गया मजनूँ से इस्तफ़ादा मिरा
सो फिर से दश्त को जाने का है इरादा मिरा

अजीब शाख़ थी संदल की, मुझसे कहती थी
बजाए सुर्मा लगाया करो बुरादा मिरा

ज़रूरतों की किफ़ालत उसी के ज़िम्मे है
जिसे ख़याल है मुझसे कहीं ज़ियादा मिरा

निगाहे-शैख़ तिरी हाज़िरी को चल निकलूँ
हवा-ए-तौबा सुखा दे अगर लबादा मिरा

तिरे निसार, तिरे लुत्फ़े-ख़ास के क़ुर्बाँ
कि तेरे हाथ ने रक्खा है दिल कुशादा मिरा

ऐ   ख़ानकहे-निज़ामो-ख़ुसरौ
फिर से है लगी हुई तेरी लौ

दहलीज़े-अज़ीज़   चूमने   को
करता है हमेशा दिल तगो-दौ

लगते हैं ये महरो-माहो-अंजुम
देहली के चिराग़ ही का परतौ

जितनी भी हैं कहकशायें, सारी
हैं तेरे **नक़ूशे**-पा की पैरौ

ये ख़िरका-ए-इश्क़ भी अजब है
जिसमें नहीं कोई कुहन-ओ-नौ

है तहय्युरज़दा इस शहर मे ख़ामोशी भी
कि सुनाई नहीं देती कोई सरगोशी भी

दिल गिरफ़्तारे-तज़बज़ुब है किधर को जाये
घर भी याद आता है और दश्ते-फ़रामोशी भी

ये हक़ीक़त है कि बेमिस्ल है ख़ुद उसकी तरह
उस ख़ुशअन्दाम की ख़ुशबाशियो-ख़ुशपोशी भी

एक दीवार से मिल जाता है साया भी हमें
और चाहें तो कुछ एहसासे-हमआग़ोशी भी

मसलहत होगी कोई पेशे-नज़र, ध्यान रहे
इतनी सादा तो नहीं शैख़ की मदहोशी भी

☪

फिर औज पे मौज:-ए-सुख़न है
क्या चश्मा-ए-ज़हर मौजज़न है

लिखते थे जिसे चमन मुअर्रख़
वो क़त्लगहे-गुलो-समन है

हर नारा-ए-कूफ्र:-ए-सियासत
उसमाने-ग़नी का पैरहन है

सीमुर्ग़ जिसे समझ रहे हो
वो चुग़द है, ज़ाग़ है, ज़ग़न है

एवाने-ग़ज़ल की शम्मे-ख़ामोश
मरसिय:-ए-अहले-फ़िक्रो-फ़न है

☪

तुझ तक बचा के लायी है मेरी जबीं मुझे
वर्ना तो दिलनशीं थे बहुत कुफ़्रो-दीं मुझे

मुझको वो चेहरा ख़ाब में देखा हुआ लगा
देखा हुआ था उसने भी शायद वहीं मुझे

तक़सीम करने वाले ने ऐसा करम किया
अंगुश्तरी किसी को मिली और नगीं मुझे

मुझ पर अता-ए-ख़ास है साँपों के बाब में
रखती है ख़ुद कफ़ील मिरी आस्तीं मुझे

दरबार में बुलाया गया हूँ न जाने क्यों
आता नहीं है कुछ भी सिवा-ए-नहीं मुझे

☪

दिल में यादे-ख़ुदा भी आती है
ख़ाहिशे-मासिवा भी आती है

इस तज़ादात के जज़ीरे पर
हब्स है और हवा भी आती है

रौशनी भी है इस अँधेरे में
ख़ामशी है, सदा भी आती है

ख़ाहिशों से उधर की ख़ाहिश में
हमें दिल से हया भी आती है

कल दुआ ने ये मुझसे पूछा था
क्या तुम्हें बददुआ भी आती है?

☪

परवाज़ पहुँच गई वहाँ तक
जाते नहीं बालो-पर जहाँ तक

है   राहनुमा   मिरा   बगूला
उस धूप नगर के सायबाँ तक

ऐ रात! न जाने तुझमें कैसे
उतरा है ज़मीं पे आसमाँ तक

पहुँचा मिरा रतजगा बे-ख़ूबी
ताख़ीर से दी गई अज़ाँ तक

ऐ वाकहे! थाम मेरा बाज़ू
ले चल मुझे अम्रे-नागहाँ तक

☪

वस्ल का इफ़्तेराक़ से मिलना
मेरा एहले-निफ़ाक़ से मिलना

छोड़ रख्खा है दिल ने ख़ुद से भी
शिद्दते-इश्तियाक़ से मिलना

इत्तेफ़ाक़न नहीं समझता मैं
कल तिरा इत्तेफ़ाक़ से मिलना

याद के कुछ बुझे चराग़ों का
एक अफ़सुर्दा ताक़ से मिलना

लुत्फ़े-सुहबत है मुद्आ तो कभी
किसी एहले-इराक़ से मिलना

☪

कुछ रंग मिरी नज़र ने देखे
बाक़ी मिरी चश्मे-तर ने देखे

नालैन के नक़्श की क़सम है
ऐसे कई ताज सर ने देखे

कुछ जाल शुआओं के, ख़ला में
कल रात को बालो-पर ने देखे

जो रहते रहे मुसाफ़िराना
मालिक भी कुछ ऐसे घर ने देखे

ताबीर हमारी ज़िम्मादारी
और ख़ाब अबुल बशर ने देखे

☪

तारीख़ीर से दी गई अज़ाँ हूँ
ऐ वक़्त! मैं तुझमें रायगाँ हूँ

अल्फ़ाज़ मिरे नहीं मिलेंगे
दम तोड़ती मशरिक़ी ज़बाँ हूँ

हिस्सा है मिरा भी रौशनी में
आख़िर मैं चराग़ का धुआँ हूँ

उस्लूबे-सफ़र अलग है मेरा
मैं अपनी ही मौज में रवाँ हूँ

करते हैं गुरेज़ दोस्त मुझसे
जैसे मैं नसीबे-दुश्मनाँ हूँ

नज़्में

☪

जादू

किसी दुनिया के नक़्शे में
कोई अच्छा, बहुत अच्छा नगर है
जिसमें, मैं हूँ
उस बहुत अच्छे नगर में
कोई अच्छा सा, बहुत अच्छा सा घर है
जिसमें, मैं हूँ
उस बहुत अच्छे से घर में
इक बहुत अच्छा सा बुत है
जिसमें, मैं हूँ
उस बहुत अच्छे से बुत में
इक बहुत अच्छा सा दिल है
जिसमें, मैं हूँ
उस बहुत अच्छे से बुत की
सुर्ख़ डोरों वाली आँखों में
कोई अच्छा सा तिल है
जिसमें मैं हूँ

ख़ला

कुछ इस तरह के ख़ला
मेरे रोज़ो-शब् में है
जो फ़ासले से किसी को नज़र नहीं आते
कुछ इस तरह के तज़ादात
मुझमें यकजा हैं
जो अक़्लो-फ़हम के ज़ेरे-असर नहीं आते
मिरे क़रीब जो आता है, ख़ुश नहीं रहता
मैं सोचता हूँ
कि तू जितने फ़ासले पर था
ख़ुशी के मौसमे-गुल रंग में वहीं रहता

तुम्हें कुछ हुआ तो

तुम्हें कुछ हुआ तो.......
मगर बात ये है, मेरा दिल ये कहता है:
"उसको कभी कुछ न होगा"
तुम्हें कुछ हुआ तो.......
मगर बात ये है, मेरा दिल ये कहता है:
"तुमने ये सोचा ही क्यों है"
तुम्हें कुछ हुआ तो ......
मगर बात ये है, मेरा दिल ये कहता है:
"आख़िर उसे कुछ भी क्यों हो "
तुम्हें कुछ हुआ तो ....
मुझे अपने दिल की तरफ़ से इजाज़त नहीं है
कि इस सिलसिले में, मैं कुछ और सोचूँ

दारचीनी

चलो
दारचीनी का क़हवा पियें
और खट्टे डकारों की बातें करें
इसलिए कि यहाँ तो ग़ुबारों के मानिन्द
फूले हुए पेट हैं
और कम्बख़्त सारे ही मर्दों के हैं

मैं मज़ाक़न नहीं कह रहा हूँ
किसी ख़ानदानी तबीबे-मुअम्मर से
तबख़ीरे-मेदा का नुस्ख़ा ही पूछो
बशर्ते के नुस्ख़े के अज्ज़ा भी ख़ालिस कहीं से मिलें तो
अगर हज़्म का नज़्म मौज़ूँ न हो तो
सुना है शिकम के बुख़ारात
दिल और सर के इलाक़ों में
शब् ख़ून भी मारते हैं
ये सच है तो
माले-ग़नीमत की ख़ुरजीन में
कुछ न कुछ ले तो जाते ही होंगे
भला ख़ाली हाथ
ऐसे वहशी कहाँ लौटते हैं

चलो
दारचीनी का क़हवा पियें
जिसकी तरकीब
कल एक तक़रीब में
एक चांदी के गुलदान ने ख़ुद
हमें लिख के दी थी

आप हमारा मसअला समझें

ख़्वाब, ख़याल के जंगल में
इक हाथी दांत का ताजमहल है
संदल वाली देवी का
जो अंधी, गूंगी, बहरी भी है
दिल की बेहद गहरी भी है
उसके गिर्द फ़सीलें हैं
कुछ शीशे की
कुछ सोने की
कुछ चांदी की
कुछ हीरे की
उस जंगल के इक नंग-धड़ंग क़बीले वाले
जिन्सी वहशी
उसको 'माता' कहते हैं
और नेज़ों, भालों, बरछों वाले पहरेदार
फ़सीलों पर हर वक़्त चौकन्ने रहते हैं
उस जंगल में जब गंदुम पकने लगती है
तो पूरे चाँद की आधी रात को
उसके ताज़ा बालिग़ होने वाले लड़के
एक ख़बीस पुरोहित की निगरानी में
कुछ ढोल धमक्कों के इक ख़ास आहंग पे रक़्सां
उसकी पूजा करते हैं

अब आप हमारा मसअला समझे
संदल वाली उस देवी पर
हम मरते हैं

गंदुमी उदासी

तुम्हारा जिस्म
इस दुनिया में नाज़िल होने वाले
सबसे पहले दाना-ए-गुंदम की
लाफ़ानी उदासी है
तुम्हारे ख़ालो-ख़द की मोअतदल अन्दोहनाकी को
नज़रअंदाज़ कर देना किसी के बस में होता
तो यक़ीनन मैं नज़रअंदाज़ कर देता
तुम्हारे ठहरे-ठहरे हुस्न के आगे
ठहर जाना किसी के बस में होता
तो यक़ीनन मैं ठहर जाता
तुम्हारी गहरी झीलों जैसी आँखों की ख़मोशी में
चमकते सुर्ख़ डोरों के शिकंजे से
निकल जाना किसी के बस में होता
तो यक़ीनन मैं निकल जाता
तुम ऐसी गंदुमी अफ़्सुर्दगी हो
जो मुसलसल मुझपे तारी है

इन्तेहा पर एक ख़ुदगर्ज़ी

कितनी बार मैं तेरी ख़ातिर
तेरे दिल में ठहरा
कितनी बार मैं तेरी ख़ातिर
तेरे दिल से निकला
अब मैं उम्र के इस हिस्से में
सोच रहा हूँ:
अब की बार मैं तेरे दिल में
अपनी ख़ातिर ठहरूं
अब की बार मैं तेरे दिल से अपनी ख़ातिर निकलूँ

कोहे-नूर

(1)
ये उस वक़्त की बात है, जिन दिनों
कारवाने-जवाहिर-फ़रोशां की सबसे बड़ी रहगुज़र
जादा-ए-रेशमी था
जो पूरी तरह मेरे ज़ेरे-नगीं था
मिरे खच्चरों पर लदी बोरियों का
हर इक संग रेजः
ख़िराजे-शहंशाही-ए-शामो-रोमो-अजम था
नहीं
बल्के ये सीमो-ज़र भी
मिरी जिंस के आगे कम था
अगरचे मिरे राज़िक़े-दो जहाँ का
मिरे रोज़ो-शब पर ख़ुसूसी करम था
किसी के लिए भी
जो आराम मुमकिन था रू-ए ज़मीं पर
वो मेरे लिए भी बहम था
मगर मुझको दरपेश बस एक छोटा सा ग़म था
मिरे शहर में इक हसीं मुत्रिबा थी
उसे पत्थरों से मुहब्बत थी
मैंने उसी के लिए ये जवाहिर-फ़रोशीं का पेशा चुना था
कि वो कोहे-नूरे-नज़ाकत
वही तख़्ते-ताऊस की मसनद-आरा
मिरी आरज़ू थी
मुझे ऐसा लगता था
जैसे वही मेरा बचपन में खो जाने वाला अक़ीक़े-यमन है

मिरी ख़ानदानी अंगूठी की ज़ीनत बने

ज़र्द पुखराज का बांकपन है

मुझे, काम में,

बख़्तो-इक़बाल की यावरी से बहुत तजरिबा हो गया

मिरे दीनारो-दिरहम इसी करोबारे-मुहब्बत में लगते रहे थे

मुझे बहरो-बर में जहाँ भी कोई लालो-गौहर मिला

मैंने लेकर उसी शाख़े-मरजान को दे दिया था

कई बार मैं

दिल में होती हुई बारिशे-संगो-दुश्नाम में भी गया

और उसके लिए ऐसे बेदाग़ दाने चुने

जिनकी तश्कील में इब्तिदा-ए-जवानी से ही

मेरा ख़ूने-जिगर सर्फ़ होता रहा था

मगर वो हमेशा

मुझे आम सा पेशावर जौहरी ही समझती रही

उसकी मुश्शाक़ नज़रें मिरे मोतियों पर रहीं

दिल के याक़ूत की क़िरमिज़ी रौशनी तक न पहुंचीं

मैं वो सिंदबादे-जवाहिर था

जो ऐसे तूफ़ाने-ग़म में भी आता रहा और जाता रहा था

मिरी पीरी-ए-ज़ूदरस का सबब

एक ये दर्दनाकी भी होगी

(2)

ये इस वक़्त की बात है, जिसमें
मैं आपके साथ बैठा हुआ
अपनी साँसों की गर्मी से
अपने ठिठुरते हुए हाथ गरमा रहा हूँ
बक़ौल उस हसीं मुलिबा के
उसे पत्थरों से मुहब्बत नहीं थी
बक़ौल उसके, मैं सिर्फ़ सौदागरे-लफ्ज़ था
और मैंने हमेशा उसे
सिर्फ़ अल्मासे-एहसास की नज़्र दी थी
जो किस काम की थी
वो कहती है, मैं जिस क़दर जल्द मुमकिन हो
अपने वो शेरो-सुख़न के ख़ज़ीने
वो लफ़्ज़ों की बाज़ीगरी के क़रीने
वो सारे लहू और सारे पसीने
वहाँ से उठा लो
कि घर में कोई ख़ास तक़रीब है
और दो तीन दिन की मुसलसल सफ़ाई में
इन काग़ाज़ों का मुक़द्दर
ख़ुदा जाने क्या हो

इसतिसक़ा

ऐ मिरे तश्शालब कूज़े
मिरे मशकीज़ा-ए-ख़ाली
मिरे दम तोड़ते घोड़े
ये वो बादल हैं, जिनको देखकर
कोई भी दहक़ां ख़ुश नहीं होता
कि इनकी कोख में
चश्मे-ज़माना की तरह, पानी का क़तरा भी नहीं है
और बरसने वाले बादल
आज तक इस वादि-ए-बेमह्र की जानिब नहीं आये
चलो मिलकर अज़ानें दें
कि कोई नर्म-दिल बादल
किसी रिक़्क़त के लम्हे में
हमें भी क़रिया-ए-बाराँ में ले जाये

गाँव

तीसरा दिन है कि हर खाने में
साग बनवाता हूँ
बच्चे सारे
माँ पे बरहम हैं कि क्यों मेरा कहा मानती है
और इधर ये है कि
मुझसे खाना
ढंग से आज भी खाया न गया
याद आती है बहुत एक हवेली दिल को
और वो तन्नूर
जो अरसे से जलाया न गया

कोई रंग दिल पे चढ़ा नहीं

मिरी जान
दश्ते-सुलूक में
मुझे जिस मक़ाम पे छोड़कर
ये सिफ़ाले-राबिता तोड़कर
ज़रा आग लेने गए थे तुम
मैं रुका हुआ हूँ उसी जगह
सरे-मू भी आगे बढ़ा नहीं

मिरी जान
मुझपे ये बार हैं
मिरे आइने का गुबार हैं
ये तुम्हारे रेशमी तार हैं
ये तुम्हारी सूज़ने-सीम है
ये मिरी वो सादा ग़लीम है
कोई फूल जिसपे कढ़ा नहीं

मेरी जान
तुमसे नहीं गिला
ये नसीब का है मुआमला
मिरे वक़्त ही में लिखा न था
कि तुम्हारे ख़िरक़:-ए-ख़ास का
कोई रंग दिल पे चढ़ा नहीं

अगरचे पहले कुछ और तय था

हमारे ख़ाबों की पायमाली
तुम्हारी ख़ाहिश से हो रही हो
तो हम रुकावट नहीं बनेंगे
अगरचे पहले कुछ और तय था

तुम्हारे ख़ाबों की पायमाली
हमारी ख़ाहिश से हो रही हो
तो तुम रुकावट नहीं बनोगे
अगरचे पहले कुछ और तय था

क़तरा क़तरा शबनम

ज़मिस्तां
ज़मिस्तां की बारिश
ज़मिस्तां की बारिश में ख़ुशबू
ज़मिस्तां की बारिश में ख़ुशबू तुम्हारी
ख़ुदा जाने
ये शाम तुमने
कहाँ और कैसे गुज़ारी

क़सम ज़ुल्फ़े-तराशीदा की

क़सम ज़ुल्फ़े-तराशीदा की
जब वो बा-दिले-नख़ास्ता
शब् के किसी आहिस्ता-रू हिस्से में
रीछों जैसे बालों से भरे हाथों की
ख़ालिस इज़दिवाजी हक़्क़े-शरई की हवसनाकी
के हाथों नामुरत्तब हो
और उसके बाद जब वो
ख़ुश्क हो जाने से पहले
हस्बे-आदत
सख़्त बेज़ारी की हालत में
किसी हक़दार के बारे में सोचे
और मुरत्तब हो

क़सम ज़ुल्फ़े-तराशीदा की
मैं रातों को छुपकर हमलावर होने वाले
वहम के तातारी लश्कर के मुक़ाबिल
अपनी तबई बुज़दिली ज़ाहिर नहीं करता
मैं अपने ज़हन के माऊफ़ ख़ुलियों
और कुछ ख़ाबे-परागन्दा के उन माज़ूर हिस्सों
से कुमक लेता हूँ
जो फ़ालिज-ज़दा ज़ौलीदगी के
इक फ़लाही मरकज़े-मतरूक में
दायम ग़नुदा सर पड़े रहने के आदी हैं

क़सम ज़ुल्फ़े-तराशीदा की
मैं पोरस हूँ
अपने हाथियों की
शोरिशी-अफ़वाज का सालारे-आज़म हूँ
महाज़े-जंग पर
मैं आज कल
शब् के किसी हिस्से में भी ग़ाफ़िल नहीं होता

आज डॉलर का क्या रेट निकला

नशेबो-फ़राज़े मयीशत पे
उसकी बसीरत के गुन गाये जाते हैं
सब मुहतरीफ़ हैं
कि पैसे को पुर नफ़ा चक्कर में रखने की
अल्लाह ने उसको सलाहियते-ख़ास दी है
चुनांचे
वो कुछ कारोबारी इदारों को
अपनी ज़हानत की आबो-हवा बेचकर
इस तरह कर चुकी है
कि अब उनको नश्शो-नुमा दीदनी है
अगरचे मिरा कारोबारी इदारा
बज़ाहिर बड़ा मोतबर है
मगर उसको अंदर की इस बात का इल्म भी है
कि इस साल-हा-साल की नेकनामी के बावस्फ़
मेरी मयीशत का बेड़ा
तबाही के गर्दाब में फँस चुका है
वो अक्सर ये कहती है:
"मेरी ये ख़ाहिश है
मैं आपके कारोबारी इदारे को मज़बूत देखूं
हथेली पे सरसों जमाना भी आता है मुझको
मगर आप मेरा कोई मशवरा मानते ही नहीं हैं"
कई बार मैंने ये चाहा
कि दो टूक लफ़्ज़ों में उसको ये कह दूँ
कि मुझको

मयीशत की बहबूद का कोई नुस्ख़ा
नहीं चाहिए है
वो अपना यही नुस्ख़:-ए-कीमिया
उन इदारों को बख़्शो
जो इसके तलबगार हैं
लेकिन ऐसा नहीं हो सका
आज भी हस्बे-मामूल
मैं उस करंसी की देवी से बस इस क़दर कह सका:
"आज डॉलर का क्या रेट निकला ?"

ख़ामोशी के नाम

हम कि गुफ़्तार के ताजिर हैं, जमाले-ख़ामोश
हुरमते-लफ़्ज़ से आगाह नहीं
बात करने को हुनर जानते हैं
बोलते-बोलते थकते ही नहीं
जब तकल्लुम के तसलसुल से तही होते हैं
तो लगता है कि है
इस घड़ी तश्ते-ज़बानी ख़ाली
हो गया ख़्वाने-मआनी ख़ाली
ऐसे आलम में हमें
तेरी ख़ामोशी-ए-ख़ुशरंग कशिश करती है
तेरा सन्नाटा हमें तेरी तरफ़ लाता है

क़सम लम्हों की

क़सम लम्हों की
जब उनमें कोई तख़लीक़ होती हो
क़सम तख़लीक़ की
जब वो किसी दिल के लिए तस्कीन बनती हो
क़सम तस्कीन की
जब उसके होने का कोई बाइस न होता हो
क़सम होने की
जब होना, न होना एक जैसा हो
बहुत से लोग
अक्सर अपने रब की नेमतों को भूल जाते हैं
कि वो निस्यान और लग़्ज़श के पुतले हैं
सलाम उन पर
कि जो ग़फ़लत के तूफ़ाँ में
चटानों से भी बढ़कर सख़्त होते हैं
सलाम उन पर
कि वो ख़ुशबख़्त होते हैं

मुराजियत

(1)

मेरी जलपरी मुझसे कहती है:
"तुम अब मछेरे नहीं हो
मछेरों की बस्ती में मछली की बू है
तुम्हें इस तअफ़्फ़ुन से नक़्ले-मकानी में आख़िर पसो-पेश क्यों है
मिरा दम घुटा जा रहा है
चलो, अपने चप्पू निकालो
समंदर में उतरो
समंदर की वुसअत में
इक ख़ूबसूरत जज़ीरा मिरे नाम का है
उसी में रहेंगे"

(2)

समंदर की वुसअत में
इक ख़ूबसूरत जज़ीरे में रहते हुए
वो मछेरे का बेटा
किसी साहिले-बेतशख़्ख़ुस पे बैठा हुआ
ज़िन्दगी की कोई ज़िंदा मछली पकड़ने की लज़्ज़त से महरूम है
जलपरी मुत्मइन है
वो ख़ुश है कि औलाद की शादियां हो चुकी हैं
मछेरों की इस नस्ल का कोई रिश्ता
मछेरों की बस्ती से बाक़ी नहीं है
जज़ीरा नए रिश्तेदारों से लबरेज़ रहने लगा है
मुझे कुछ दिनों से ये लगता है
जैसे मैं कुछ सूघ सकता नहीं हूँ

(3)

मेरी जलपरी मुझसे कहती है:
"मेरी बड़ी बुढ़ियाँ मुझसे कहती रहीं थीं कि:
बेटा, मछेरा हमेशा मछेरा ही रहता है
कुछ और बनता नहीं है
मगर मैं समझती थी, तुम तो मछेरे नहीं हो
यही मेरी सबसे बड़ी भूल थी
तुम मछेरे ही थे और अभी तक वही हो
चलो
अपने चप्पू निकालो
समंदर में उतरो
अगर उस तअफ़्फ़ुन में मरने से
तुम ये समझते हो कुछ सुर्ख़रू हो सकोगे
तो जाओ
वहीं, उस मछेरों की बस्ती में
मछली की बू में"

एक नाक़ासवार से मुकालिमा

गेरुए रंग का अमामा है उसके सर पर
जोगिये रंग की आँखें हैं
जो देखें, न सुनें
महमिले-नूर में बैठा है मिरा नाक़ासवार
मुझसे कहता है :
"मिरे नूरे-नज़र ! साथ चलो"
मैं ये कहता हूँ :
"कहाँ नूर, कहाँ मुश्ते-ग़ुबार"
वो ये कहता कि :
"इस बात का तुम ग़म न करो
साथ चलना है, तो फिर आओ, चलो, चल भी पड़ो
क्योंकि ताख़ीर में आफ़ात हुआ करती हैं
ताइफ़ा-ए-नूर में जो शख़्स भी आ जाता है
आख़िरे-कार वही बन जाता है
इस बात का तुम ग़म न करो"
मैं ये कहता हूँ :
"नहीं, मेरे लिए मुश्किल है
इतना फ़ौरी मैं भला ऐसा कोई फ़ैसला कैसे कर लूँ
मैं तो निकला था अभी घर से डबल रोटी लेने
और अभी
बेटे को स्कूल भी पहुँचाना है"

नदामत

कोई बात ऐसी कही नहीं
कि जो शाख़े-सब्ज़े-ज़माना पर
गुले-सुर्ख़ बनके खिली रहे
मिरे बाद भी जो हरी रहे

कोई शेर ऐसा लिखा नहीं
जो बयाज़े-वक़्त में हश्र तक
मिरे दिल का अक्स बना रहे
मिरे ग़म के नाम लिखा रहे

कोई काम ऐसा किया नहीं
जो निशाने-राहे-हयात हो
जो चराग़ बनके जला रहे
जो हवा के आगे डटा रहे

तमसाल

क़सम रंगो के लश्कर की
वो जब ख़ुशबू के घोड़ों पर
मिरी चश्मे-तसव्वुर में उतरता है
तो जो तमसाल बनती है
वो यूँ बेरंग होती है
कि जैसे सादा पानी हो

कहीं ऐसा न हो
तमसाल का एहसास
ख़ाबों की कहानी हो

इस शहरे-नफ़ाक़ में

इस शहरे-नफ़ाक़ में हमेशा
उश्शाक़े-रया नफ़ूर सारे
बेकार गए, तो एक हम क्या

हम ताइरे-बाग़ो-बासफ़ा थे
बालो-परे-दिल को इस फ़ज़ा में
परवाज़ का तजरिबा नहीं था
इस हाल में, जानेजां ! हमारे
पर खुल न सके तो इसका ग़म क्या

ख़ानाबदोशों का एक ख़च्चर

बाप दादा की विरासत से
रगों में जो लहू आया है
इसमें चर्बी है बहुत
और चर्बी तो किसी वक़्त भी जम सकती है

हाथ की तरह
बहुत तंग हुई जाती हैं शर्यानें मिरी
गर्दिशे-ख़ून किसी वक़्त भी थम सकती है
बुर्दबारी की ख़ुशअख़लाक़ मुसर्रत की जगह
अरसे से
ज़हन पर छाई हुई रहती है
बारबरदारी की अहसासे-मुसलसल की अज़ीयत अक्सर
जैसे दिल और दिमाग़
जिस्म का जुज़्व न हो
ख़ानाबदोशों का कोई ख़च्चर हो
जिसके हिस्से में
बुढ़ापे में फ़क़त आया है
साल हा साल की बेफ़ैज़ मशक़्क़त का खरण्ड कोई नहीं
अब भी पड़ता है कभी लफ़्ज़ का कोड़ा इस पर
ज़ख़्म छिलता है तो फिर दर्द की लीचड़ मक्खी
गर्दनो-पुश्त की पुरसिश को चली आती है
ऐसी हालत में तो दिल का दौरा
रात या दिन में किसी वक़्त भी पड़ सकता है

आख़िरी तलब

मिरी सोच ग़ैरवाज़े
मिरी बात नामुकम्मल
मिरा काम रेज़ा रेज़ा
मिरी साअतें मुअत्तल
मिरी सुब्ह पा बरहना
मिरी शाम हाथ ख़ाली
मिरी आँख पर मुसल्लत
मिरा ख़ाबे-ख़ुश्क साली
मिरे ज़हन पर मुसव्विर
मिरा जश्ने-पायेमाली
मिरी आख़िरी तलब है
मिरा हुजरा-ए-मुक़फ़्फ़ल

हमारा कोई है

शुरुअ-ए-रब्त से पहले जो इक अज़ीयत थी
वो इख़्तितामे-तअल्लुक़ से पेश्तर भी है
मगर वो दर्दे-नख़ुस्तीं ख़ुद अपना दरमाँ था
ये और ढब का अलम है जो बेनिहायत है
ये रंजे-आख़िरे-दिल ख़ातिमुल मसाइब है
अज़ीयतों के तनव्वो की दर्जाबंदी में
दिल इनहिमाक से सरगरमे-चाराजोई है
पुकारता है:
"मियां ! क्या हमारा कोई है ?"
वुक़ू-ए-हिज्र का फ़रमान चश्मो-सर पे रखे
तनाबे-फ़ैसला गर्दन में कस के जाता हूँ
और एक बार वो ज़ंजीर फिर हिलाता हूँ

ज़िम्मादारी

अगर नामर्द हो दुश्मन
तो वो मद्दे-मुक़ाबिल को
सम्भलने की कभी मुहलत नहीं देता
सो हम ऐसे ही कुछ औसाफ़ के हामिल
हरीफ़ों के मुक़ाबिल थे

पसे-गर्दन, महारत से
हमारे हाथ बांधे जा चुके हैं
यूँ के वो राहे-समाअत में भी हाइल हो नहीं सकते
हमारी कनपटी
नोके-सिनां के लम्स को महसूस करती है
हमारे बाप दादा की हवेली के
मुनक़्क़श दर जला डाले गए हैं
और घर की औरतें, घर में अकेली हैं
बरहना-सर जिन्हें सूरज ने भी देखा नहीं है
हम किसी इफ़्फ़तज़दा दोशीज़गी पर
पड़ने वाले रोज़ो-शब की तीरगी का सोच सकते हैं
मगर मजबूर इतने हो गए हैं
रो नहीं सकते
ये ज़ालिम संग-दिल ऐसे हैं
कहते हैं कि हम आँखे खुली रखें
वो कहते हैं
कि पलकें ख़ुश्क रखना भी
हमारी ज़िम्मादारी है

इक़लीमा से एक सवाल

मैं आदम का लख़्ते-जिगर और हव्वा का नूरे-नज़र हूँ
मैं बालिग़ हुआ तो
रज़ा-ए-इलाही के पेशे-नज़र
बुलबशर ने
लबूदा मिरे अक़्द में देना चाही
तो मैं उसकी ख़ाहिश से नामुत्तफ़िक़ था
मशीयत मिरे सामने
बाप के बरगुज़ीदा इरादे के मानिंद
पानी का इक बुलबुला थी
जिसे तोड़ने के लिए
मेरी ख़ाहिश की इक फूँक काफ़ी थी
और मेरी मर्दानगी ने बिल आख़िर उसे तोड़ डाला
अज़ल से मिरे हर तरफ़ तू ही तू थी
मुझे रहमे-मादर के तारीक अय्याम भी याद हैं
जब मैं पहलू-ब-पहलू
तिरी ज़ेरे-तश्कील सूरत पज़ीरी से चिपका हुआ था
तो फिर आलमे-जिस्म में कैसे मुमकिन था
मेरी जबिल्लत को तेरी ज़रुरत न महसूस होती
चुनाँचे मैं जब इश्तआले-हवस की निहायत को पहुंचा
तो इक रोज़
इक दामने-कोह में
एक पत्थर की इमदाद से

मैंने मा जाए-हाबील के कास:-ए-मरज़ को
हालते-ख़्वाब में फोड़ डाला
वो कम्बख़्त, माँ-बाप का
और उनके ख़ुदा का चहेता था
बोदा था
बदजिन्स था
उसमें ख़्वाहिश की जुरअत नहीं थी
तमन्ना के मैदाने-दादो-सतद में
बग़ावत का तमग़ा भी
उस मर्द के चौड़े सीने पे सजता है
जो अपनी तज़्कीरो-तानीस में नामुशख़्ख़स न हो
और हाबील उस हींजड़ेपन को
ख़ौफ़े-ख़ुदा के लिबादे में मलफ़ूफ़ रखता था
अच्छा हुआ वो ठिकाने लगा
मेरे कुछ जानने वाले कव्वे
मिरी दस्तगीरी को आये
और उनके तआवुन से
रुए ज़मीं का वो बारे-गराँ
मैंने ज़ेरे-ज़मीं दफ़्न करने की तदबीर सीखी
मिरी जान, इक़लीमा
उस रोज़ से मुझको क्यों ऐसा लगता है
जैसे वो मनहूसे-आज़म
तिरे दिल में बैठा हुआ
मुझपे
और मेरी तदबीर के इज्ज़ पर ख़ंदाज़न है

अठारवाँ हमला

कोई ये कैसे मान ले
कि ग़ाज़ि-ए-ज़माना को
हुदूदे-मुमलिकत में होने वाली बात की ख़बर नहीं
अगर हुज़ूर साल हा
फ़रीज़:-ए-जिहाद ही में इतने मुनहमिक रहे हैं
और वाक़ई ये जानते नहीं
तो फिर
मुझी गुलामे-पेशोपस बुरीद:-ओ दरीदा पर
ये फ़र्ज़ है कि आपको
हरम के राज़े-आम की ख़बर करूं
कि मुझसी जिन्से-बेज़रर ही
इन गुलाम गर्दिशों के एक एक राज़ की अमीन है
मैं लबकुशाई कर रहा हूँ
और शर्मसार हूँ
कि आपके नमक का ज़ायक़ा
अभी मिरी ज़बां के हाफ़िज़े में है
ज़रूर है
कि जान की अमान भी तलब करूं
कि मैं निडर नहीं
बहुत अजीब बात है, हुज़ूर को ख़बर नहीं
कि आपकी जो मादरे-अज़ीज़ थीं
कनीज़ थीं

कल इक अमीरे-ख़ास
बज़्मे-ऐश में
सुराही-ए-महे-दो-आतिशा चढ़ा चुका
तो ग़ालिबन वो अपने आप में नहीं रहा

इसीलिए ये औल फ़ौल बक गया
कि पंज-आबो सोमनाथ के ग़नीमतो-ख़िराज से
ख़जाना हाय शहरे-ग़ज़ना भर गए
मगर अभी हमारे जां निसार ग़ाज़ियों का जी नहीं भरा
हमारे शाहे-जम शिकोह की रगों में
लौंडियों का ख़ून है
इसीलिए सुख़न-तराज़े-तूस को
जिगर के ख़ून के एवज़ में कुछ नहीं मिला
हुज़ूर
मेरे मुंह में ख़ाक
अब मज़ीद क्या कहूं
अगर जहाँपनाह की ख़ुशी इसी में है
तो अर्ज़ है कि मुझ गुनाहगार ने
ब-गोशे-होश
उस ख़बीस के ग़लीज़ मुंह से ये सुना
कि तुफ़ है रोज़गार पर
कि जिसकी भेंट चढ़ने वाले हम नजीब लोग
लौंडियों की नस्ल के गुलाम हैं
तफ़ाख़ुरे-नसब का वस्फ़ हमसे उठ गया है
लानत ऐसी ज़िन्दगी पर और ऐसे ऐश पर

हुज़ूर
उस कनीज़ वाली बात पर कोई गिरफ़्त हो न हो
कि उफ़्वो-दरगुज़र में कोई आप सा नहीं हुआ
और इक लिहाज़ से
नशे का उज़्र भी, चलें क़ुबूल है
मगर ये ख़ू-ए-सरकशी मुक़ामे-दरगुज़र नहीं
फ़सादे-बरतरी कहीं भी हो
इक आग है
और आग बेख़तर नहीं

शै मात

मिरा मेमना, मेसराह
बादो-बाराने बेएतनायी के तूफ़ान में
इक ज़माना हुआ, क़ल्ब से कट चुका है
इन अय्यामे-ख़ानाबदोशी में
मेरे जलूं में मिरे क़ल्ब के
सिर्फ़ कुछ जाँ-निसाराने-मजरूह बाक़ी बचे हैं
जो साँसों की डोरी के कटने तलक
मेरे हमराह होंगे
मुझे रज़्मगाहों के आदाब आते नहीं हैं
मिरे खेम:-ए-दश्ते-गुरबत में मरते हुए
बाप-दादा के वक़्तों के जंग-आज़मा
एहतरामन मुझे कुछ सिखाते नहीं हैं
जो शय मात मेरी बिसाते-तशख़्खुस को दरपेश है
उससे कैसे बचूं
कुछ बताते नहीं हैं

नसबनामा

मेरे अजदाद के गिरते हुए हुजरे के
महराबे ख़मीदा में
किसी संदल के संदूके-तबर्रुक़ में
हिरन की खाल पर लिक्खा हुआ शजरा भी रक्खा है
कि जिस पर लाजवर्दी दायरों में
ज़ाफ़रानी रूशनाई से
मेरे सारे अक़ारिब के मुक़द्दस नाम लिक्खे हैं
मगर इक दायरा ऐसा भी है
जिसमें से लगता है
कि कुछ खुरचा गया है
मैं इन्हीं खुरचे हुए लफ़्ज़ों का वारिस हूँ

सातवीं सम्त से

शशजहत रात है
अतराफ़ से बाहर किसी बे सम्ती में
कहतपरवरदा चटानें हैं कि जिनकी तह में
ज़ेरे-तश्कील है इक ज़र्रा-ए-ख़ुर्शीद नसब
ज़ुल्मतो-हब्स की इस तंगी में
सातवीं सम्त से आती हुई रौशन ख़ुशबू
सांस लेने में मदद देती है

पाकीज़ा जगहें

हमें जुफ़्त होते हुए ये कबूतर
भले लग रहे हैं
हमें इनसे कुछ पूछना था
मगर ये हम आहंग होने की लज़्ज़त में यूँ मुनहमिक हैं
कि लगता नहीं है तादेर हम इनसे कुछ पूछ पाएं
हमें अस्ल में इन फ़क़ीरों से ये पूछना था
कि अतराफ़ की बस्तियों में कहीं कोई दरबार हो तो बताएं
कि ये लंगरों, आसतानों के दरवेश होते हैं
इनको ख़बर है कि पाकीज़ा जगहें कहाँ हैं
भरे शहर में हमने जिससे भी पूछा है
वो बेख़बर था

मुझे बग़दाद कहते हैं

मैं तहज़ीबों का बचपन हूँ
असातीरी रिवायत की जवानी हूँ
तमद्दुन मुझसे निकला है
(मुझी में दफ़्न कर देना)

मैं बाबिल का कुआं हूँ
और मेरे दिल का नसब दुर्रे-नजफ़ पर ख़त्म होता है
मैं दश्ते-कर्बला की रेत हूँ
तारीख़ की तिश्नालबी हूँ
जाविदानी हूँ
फ़ुरातो-दजला मुझमें आके गिरते हैं
कि मैं शत्तुल अरब हूँ
और प्यासा हूँ
बनु अब्बास का झंडा मिरे माथे पे कंदा है
मिरे हाथों में अब तक
उनकी बैयत की तमाज़त है
मैं उनकी राजधानी हूँ
मैं बज़्लो-जूद का कुकनूस हूँ
और आले-बरमक की निशानी हूँ
तिलिस्मे-अल्फ़लैला का अकेला क़लमी नुस्ख़ा हूँ
मैं ख़ुद ही अपना सानी हूँ
निज़ामुल मुल्के-तूसी का निज़ामिया हूँ
दीनो-दादो-दानिश की कहानी हूँ

तरीक़त के सलासिल मुझसे फूटे हैं
मुझे सलमान की मिटटी से निस्बत है
हसन बसरी के हुजरे के कबूतर मेरे बच्चे हैं
ग़ज़ाली के क़लम की रौशनाई मेरा ग़ाज़ा है
इमामे-आज़मो-हम्बल की मसनद मैंने सर आँखों प रक्खी है
शहे-जीलां की बातें याद हैं मुझको
मेरी आँखों ने उनको देख रक्खा है
जुनैदो-शिब्ली-ओ-ज़ुल्नून के खिर्के़ की ख़ुशबू से
मिरी साँसें महकती हैं
सलीबे-इश्क़ हूँ
हल्लाज के क़दमों की बरकत से
अबद तक शोर:-ए-आफ़ाक़ हूँ और ख़ुद पे नाज़ां हूँ
उरूसे-करया हाय अम्न हूँ
नापाक ग़ारत गर
मिरी हुरमत पे हमले कर रहे हैं
और मिरी चादर को तातारी दरिंदे
तीरों और नेज़ों से छलनी करते जाते हैं
मैं मुस्तासिम हूँ
सादी ने मेरा नौहा लिखा था
अब अरब में या अजम में
शर्क़ में या ग़र्ब में
सादी नहीं कोई

आख़िरी अलमिया

हमारे बालो-पर में
आस्मां पैमायी लिक्खी थी
किसी मरते परिंदे ने
हमें परवाज़ सौंपी थी
हमें इस इन्तहा-ए-शब् में फिर
तनहा
सितारे चुगने जाना है

सितारो
हम किसे ऐज़ाज़ बख़्शेंगे
किसे अपने परों की गर्द से लिपटी हुई
ये आख़िरी परवाज़ बख़्शेंगे

परिंदे अहले दिल हैं

परिंदे अहले-दिल हैं
सुब्ह दम तस्बीह करते हैं

परिंदो
तुम हमारे हम-नसब हो
पीर भाई हो
हमारी दीनो-दुनिया की कमाई हो
सुनो ऐ सालिको
तुममें से हर इक की भलाई हो
ख़ुदा जाने हमें क्या था
गुज़िश्ता रात को हम सो नहीं पाये
अभी कुछ देर पहले
सुब्हे-काज़िब ने
हमें कुछ ख़ाब-आवर गोलियां दी हैं
मुनासिब हो तो
अपनी जानमाज़ें
दूर, उन अच्छे दरख़्तों पर बिछा लो
और महवे-ज़िक्र हो जाओ
हम उठते ही
तुम्हारी ख़ुशनवाई की ज़ियारत करने आयेंगे
तुम्हारे वज्द को
हुजरे में लाएंगे

माबदे-माज़िरत

बहुत देर के बाद
कल वो बुते-सन्दलीं
माबदे-माज़िरत में मिला था मुझे
उस फ़िज़ा में कहीं उज़्र ख़ाही के ऊद
और नदामत के लोबान की रौशनी थी
चिराग़ाने-चूनो-चरा की चकाचौंध के उस तरफ़
लम्स की नीम-तारीख़ महराब में
जब तलाफ़ी के बोसों की ख़ुशबू ने खेंचा
तो हम सहर-ज़दगी की हालत में खिंचते गए थे
वहां हमने कुछ वक़्त कश्फ़े-हिजाबाते-दूरी में काटा
बदन के पुरअसरार से काख़ो-कू में
बहुत पहले जैसी हवस में मुलव्वस
मुक़द्दस मुलाक़ात की आरज़ू में

आवाज़ की नौहाख़ानी

आवाज़ की नौहाख़ानी कीजे
बरपा है अज़ा-ए-हर्फ़े-इज़हार
जमने लगी रेगे-लब तक आकर
वो तुन्द ख़िराम मौजे-गुफ़्तार
इक योरिशे बेसदा के हाथों
ताराजे-ख़ुरूश हो चुका है
वो शोला-ए-एहतिजाज दिल का
फ़रयाद की नस्ल की निशानी
बस्ती का वो आख़िरी दिया भी
मुद्दत से ख़मोश हो चुका है
इस मातमे-शेवनो-नवा में
लफ़्ज़ों का सफ़ीरे-ख़ुशबयां भी
लब-बस्तगी पोश हो चुका है
आवाज़ की नौहाख़ानी कीजे

ऐ हवा शोर कर

इन मुअम्मर दरख़्तों के क़िलए में भगदड़ मचा
देवदारों की शाख़ों पे शब् ख़ून मार
और ख़ाहिश के पत्तों के क़ालीन पर
ऐसा ऊधम मचा
जो रगों में ठिठुरते हुए ख़ून को गर्म कर दे
ख़यालों की तह देग़ा को इतना खौला
कि बर्फ़ानी तोदों से चिंगारियां फूट निकलें
दिलों और ज़हनो के माबैन खेंची हुई
ख़ुश्क तारों पे बांधे हुए
रंग दर रंग धागों के पर काट दे
मेरे और उसके माबैन बहते हुए
रेत के इस समंदर के पंडाल में
चुप से पंजा लड़ाने का ऐलान कर
जंगली ढोल की गत पे बदमस्त हो
ज़ोर कर
ऐ हवा शोर कर

स्वयंवर

पुरोहित का बेटा खड़ा सोचता था
कि अब क्या करे वो
उसे ताज़ा फूलों की माला की
हर पंखुड़ी बेतरह चुभ रही थी
बयक वक़्त चालीस राजाओं से दुश्मनी मोल लेना
भला मंदिरों में जनम लेने वाले के बस में कहाँ था
उसे अपने उस्ताद की बात भी याद आयी
जो कहता था:
"जो मेमना भी तमाशाई बन कर
कभी हाथियों की लड़ाई में जायेगा
वो अपनी टांगो पे वापस नहीं आ सकेगा"
और अब उस तरफ़
पूरे चालीस चीते थे
और इस तरफ़
वो पुरोहित का बेटा अकेला खड़ा था

तख़्ते-सुलेमान

सुलेमान है नाम मेरा
मेरी माँ ने जब अपने बेटे का ये नाम रक्खा
तो ख़ुश थी
कि शौहर ने उसकी ख़ुशी के लिए
उसकी ताईद की थी
वो ये जानती थी कि ये नाम क़ुरआन में है
सुलेमाँ ख़ुदा के प्यारे नबी थे
ख़ुदा ने कई सूरतों में बयाँ उनका क़िस्सा किया है
मिरी माँ ने उस मोटे लफ़्ज़ों में छापे गए
अपने क़ुरआन में
जो मिरे पास महफ़ूज़ है ,
जिस जगह पर भी हज़रत सुलेमान का नाम आता था
मोरों के पर यूँ सजाये हुए थे
कि क़ुरआन के बंद होने पर उस नाम को चूमते थे
मैं वैसा सुलेमाँ नहीं था
कि जिन्न और इंसान मेरी इताअत पे मजबूर होते
ज़मीनो-ज़माँ पर मिरा ज़ोर चलता
हवाओं के घोड़े
मिरा रथ लिए मुल्क दर मुल्क जाते
मैं पंखों की बोली समझता
मुझे ढोर डंगर भी, कीड़े मकौड़े भी बातें सुनाते
मैं परियों के जमघट में रहता

इशारे पे बिल्क़ीस का तख़्त आता
मिरे पास कोई असा भी नहीं था
न मुंदरी थी कोई
न हुदहुद था
जिसको हमारे इलाक़े में सब
किल्ली तरखान कहते हैं
वो जो परिंदों का फ़रहाद है
मैं तो अनपढ़ था, अनघड़ था, मज़दूर था
ग़ल्ला मंडी न होती
तो रब जाने क्या बनता
रोटी कमाने की ख़ातिर न जाने कहाँ जाना पड़ता मुझे
ग़ल्ला मंडी में
जब रात के पिछले हिस्से में
मैं अपनी दुखती हुई पीठ पर बोरियां लादता हूँ
तो लगता है तख़्ते-सुलेमाँ हूँ
और आस्मां पर रवां हूँ
मुझे गन्दुम और धान की बोरियां
मलिका बिल्क़ीस लगती हैं
और ग़ल्ला मंडी का मुंशी
वो अफ़रीत है
जो मिरी क़द्र करता नहीं
मेरा हक़ मारता है

ऐ लकड़ी के आज़र

(1)

मियां जी, सुनें
आप बाज़ार में
जिस ख़ुदा बख़्श तरखान को पूछते फिर रहे थे
वो मैं हूँ
ख़ुदा बख़्श तरखान
जो काली शीशम की लकड़ी से
हीर और रांझे बनाने में उस्ताद है
आप ठीक आये थे
पिछले कातक में
बाज़ार से मैंने अड्डा उठाया
तो घर में से बेटी की डोली उठी थी
मैं अब घर पे ही काम करता हूँ
लेकिन न वो दम रहा है, न वो मांग है
इतना मंदा न होता
तो अब तक बुज़ुर्गों
मैं ये अड्डा वापस लिए इसमें बैठा न होता
चलें घर ही चलते हैं
आराम से बात होगी

(2)

मियां जी
इधर रंगली पीढ़ी पे बैठो
इसे अपना घर ही समझना

मैं हुक़्क़ा भी ताज़ा करूं
और भागां भरी को भी कुछ लस्सी पानी का कह दूँ
ये पहले बता दूँ के हुक़्क़ा गुज़ारे का है
पिछले कातक से मैं
अपनी मर्ज़ी का कड़वा तम्बाकू नहीं ले सका हूँ

(3)

वो अल्लाह का बंदा भी चिन्योट का था
मेरे बाप दादा भी चिन्योट के थे
जो अंग्रेज़ के वक़्त चल कर यहाँ आ बसे थे
मैं जम पल यहीं का हूँ
और मैंने चिन्योट देखा नहीं है
ख़ुदा मेरे चिन्योट के दस्तकारों को आबाद रक्खे
वो चिन्योट के कारीगर छोड़ कर
ढूंढता ढांढता मुझ तक आया था
अफ़सोस, तैयार सामान में
उसकी मर्ज़ी का कुछ भी न निकला
वो कहता था : "इक ऐसी जट्टी बना दो
कि जिसके बदन पर कोई कपड़ा-लत्ता न हो
और आँखें नुमायां हों
सीने में हलकी सी ढलकन सी हो
एक चाटी हो मुटयार के सर पे
और दूसरी ढाक पर
और लक्कड़ भी ऐसी हो जिसको कभी कोई कीड़ा न खाये
कि मैंने ये तुहफ़ा दुबई भेजना है
अगर शैख़ को बुत पसंद आ गया

तो तुम्हें कारख़ाना लगाना पड़ेगा
और इसके लिए सारा ख़र्चा भी वो शैख़ देगा"
मैं चुपचाप बैठा हुआ
उसकी नूरानी दाढ़ी को तकता रहा था
जो चांदी की तारों की लगती थी
और उसकी आँखों में ऐसी चमक थी
कि जो बार के काले साँपों की आँखों की पहचान है
मुझसे बोला नहीं जा रहा था
निगाहें नहीं उठ रही थीं
पसीना बहुत आ रहा था
वो मायूस सा होके
हुक़्क़े के दो कश लगा कर रवाना हुआ

(4)

मैंने देखा
के उस रंगली पीढ़ी के पाये तले
कुछ रूपए हैं
कई नोट थे
सब्ज़ भी, सुर्ख़ भी
मैंने उनको गिने बिन चिलम पर चढ़ाया
तो मेरे कलेजे में ठंडक पड़ी
और कुछ चैन आया
ख़ुदा जाने वो कौन से काग़ज़ों से बने थे
कि उनका धुआं आज तक मेरी आँखों से निकला नहीं

(5)

मैं ख़ुदा बख़्श तरखान हूँ
मैं वही हूँ जिसे काम करने का नशा था
जो रात दिन काम करने का आदी था
थकता नहीं था
मेरा हाथ रुकता नहीं था
मगर अब कई दिन से ऐसा है
लकड़ी के बन्दे बनाते हुए
गांव के मौलवी जी की बातें
मेरे ज़हन में गूँज उठती हैं
दिल कांप जाता है
जी चाहता है कि अपने ही हाथों पे आरी चला दूँ
मैं औज़ार यूँ फेंक देता हूँ
जैसे वो बिच्छू हों
आवाज़ आती है :
"सोचो, ऐ लकड़ी के आज़र
भला कल क़यामत के दिन
अपने इन हीर राँझों में तुम जान डालोगे कैसे
जहन्नुम के शोलों को टालोगे कैसे
ख़ुदा के ग़ज़ब से बचाओ का
कोई तरीक़ा निकलोगे कैसे
भला जिस घड़ी तुम नबी पाक के सामने पेश होगे
तो ख़ुद को संभालोगे कैसे"

किसी मोजिज़े की उमीद में

कई क़र्न दिल पे गुज़र गए
किसी मोजिज़े की उमीद में
किसी इंतज़ारे-नवीद में
न गयाहे-सब्ज़ाः उगा कोई
मिरे ख़ुश्क मज़र:-ए-दीद में
न चराग़ो-शौक़ जला कोई
मिरी शामे-शहरे-शुनीद में
न गुले-मुराद खिला कोई
मिरे दिल के वक़्ते-सईद में
मिरे दिल पे हुज़्न का क़ुफ़्ल है
जो खुला नहीं किसी इस्म से
मिरे दिल पे रंज का ज़ंग है
जो धुला नहीं किसी जिस्म से
मैं जो निकलूँ इसके तिलिस्म से
तो चलूँ तलाशे- किलीद में
किसी बन्दोबस्ते-मज़ीद में

बुलबुलो, शुक्रिया

बुलबुलो
शिरकते-ख़ास का शुक्रिया
नाश्ते में अकेला था मैं
तुमको अल्लाह ने इस तरफ़ भेज कर
मुझपे अहसाँ किया
बेनवाओं को बख़्शे गये रिज़्क़ पर
आज रंगो-नवा को
ख़ुसूसी इनायत से महमाँ किया
नेमतों में इज़ाफ़े का सामां किया
मेरी ढारस बंधी है
कि रहमत ने मुझको भुलाया नहीं
बुलबुलो
अपने दालान के सब्ज़ गोशे में
हर सुब्ह इस वक़्त होता हूँ मैं
तुम भी आया करो
रूखा सूखा फ़राहम हो जो भी
मिरे साथ खाया करो

☪

लज़्ज़तें जो तलब में हैं

लज़्ज़तें जो तलब में हैं
तर्के-तलब में भी हैं
राहतें जो सबब में हैं
तर्के-सबब में भी हैं
ज़ायक़े जो तेरे रोज़ो-शब में रचे हैं
मेरे रोज़ो-शब में भी हैं

☪

अल्लाह वाला ख़ाना

जाने क्यों हैं
दिल के इतने ख़ाने क्यों हैं
रंग बिरंगे ख़ाने
हर ख़ाने के अंदर ख़ाना

दिल का एक ही ख़ाना होता
अल्लाह वाला ख़ाना

रंग, फूल और आँसू

रंग इसत`आरे हैं
तूने जो निखारे हैं
फूल सब इशारे हैं
तूने जो संवारे हैं
अश्क सब सितारे हैं
तूने जो उतारे हैं
रंग, फूल और आंसू
सब के सब हमारे हैं

बग़दाद में

कलीला ने तारीक ख़ंदक में
दिमना को आवाज़ दी
या अख़ी
और फ़िज़ा में उस आवाज़ की मुरतइश लहर
दिमना के कानों से पहले
कहीं और पहुंची
जहन्नुम में दहके हुए
एक बारूद पारे ने
फ़र्ते-मसर्रत से सरशार होकर कहा
मरहबा ! आ गया मैं

इंडोर प्लांट

मरासिम के किसी बरज़ख़ में
मुझको ज़िन्दगी करने की आदत ही नहीं थी
क्योंकि मैं तो शिद्दतों के मौसमों में सांस लेता था
रुतों की इन्तहाओं में पला था
अब कई दिन से रवय्यों की मुसलसल मुहतदिल
आबो-हवा में
रहते-रहते, ऐसा लगता है
कि जैसे मैं तमद्दुन के किसी क़सरे-तसन्नो की घुटन में
ताज़गी की ग़ैर-फ़ितरी सी अलामत हूँ
जमूद-आमेज़ जज़्बों के अजायबघर में
दूर अज़कार शादाबी का तनहा इस्तेआरा हूँ
मिरे सरसब्ज़ ख़ाबों के मुक़द्दर में
फ़िज़ा-ए-बेहिसी की महज़ बेहंगम सी आराइश है
और इस घूमते ऐवाने-अहराफ़े-रवाबित में
मिरी हस्ती, नुमाइश है
ये मेरी ज़िन्दगी की सबसे भारी आज़माइश है

इस्लामाबाद के लिये

तुम्हारी बस्तियों की इन ज़मीनों का कटाव
मेरे बंजर दिल के घाव की तरह है
और तुम्हारे शहर के ऊँचे पहाड़ों के घने जंगल में फैली आग
मेरे ज़हन में उमडे ख़यालों के अलाव की तरह है
और तुम्हारे बागचों के सब्ज़:-ओ-गुल में हवा-ए-सुब्ह दम की सरसराहट
मेरी ख़ाब आलूद आँखों के दरीचों में
गए वक़्तों के ख़ाबों के बहाव की तरह है
और तुम्हारे रोज़ो-शब के मौसमों की ख़ुशगवारी
मेरे इक बिछड़े हुए एहले-मुहब्बत की तबीयत के रचाओ की तरह है

☪

ज़र्रे फड़फड़ाते हैं

बदन की बंद मुट्ठी की लकीरें तेरा रस्ता हैं
और इस रस्ते के ऊपर
ख़्वाहिशों के बादलों का सायबाँ सा है
बहुत पहले ज़मानों के परिंदे
आते जाते बादलों में चहचहाते हैं
और उनकी चहचहाहट में
हमारे नाम के सारे सितारे टिमटिमाते हैं
अब इस रस्ते में
इक दीवार उग आयी है दूरी की
जो मेरे बादलों को
मेरी जलती रूह तक आने नहीं देती
हमेशा के परिंदों को
फ़िज़ा-ए-वक़्त में गाने नहीं देती
मिरे दिल को कई दिन से यही ज़िद है
कि ये दूरी भी मिट जाये
बिसाते-उम्र की इस वुसअते-कमज़र्फ़ पर
ये मसलेहत का आख़िरी मुहरा भी पिट जाये
सुना है, उससे आगे के जहानों में
कहीं आती है वो मंज़िल हुज़ूरी की
जहाँ मादूम हो जाती है सारी ख़स्तगी
दश्ते-सबूरी की
जहाँ रूहों की सैराबी के चश्मे गुनगुनाते हैं
और उनकी गुनगुनाहट के तसव्वुर से
बदन की बंद मुट्ठी में पड़े
लम्हों के ज़र्रे फड़फड़ाते हैं

उदासी के लिये

दिल को बाँध रक्खा है
फ़ाइलों की फ़ीते में

कोना मश्क़ चूहों की तबअ आज़माई से
फ़ाइलों के फ़ीते में
जान ही नहीं कोई
दिल निकल ही भागेगा

आज भी उदासी से माज़रत ही की मैंने
ऐसे अच्छे मेहमाँ को
दिल के साथ रखने का इंतज़ाम करना है
कुछ तो अपनी ख़ातिर भी
एहतमाम करना है

☪

उसे भी ख़ौफ़ आता है, मुझे भी ख़ौफ़ आता है

बहुत फैले हुए नाआशना शहरों के बेहद संगदिल सड़कों की वुसअत में
थके हारे, अकेले आने-जाने से
बहुत वीरान क़रियों में भटकने से
बहुत सुनसान, बेसिम्ती को जाते रास्तों पर
गुनगुनाने से
बहुत सुलझे हुए बेमहर लोगों में
बहुत बेलुत्फ़ लम्हों के शिकंजे में
बहुत बेकैफ़ कामों में, बहुत बेज़ार होकर जी लगाने से
उसे भी ख़ौफ़ आता है, मुझे भी ख़ौफ़ आता है
बहुत शफ़्फ़ाफ़ सुब्हों की शगुफ़्ता खिलखिलाहट से
बहुत ठहरी हुई गर्मी की शामों की बहुत बेनाम वहशत से
बहुत ही काले बादल की अदावत से
बहुत ही तेज़ बारिश वाले मौसम से
बहुत बेरहम अंधी आँधियों की बेअमानी से
बहुत सरसब्ज़ बाग़ों की ख़मोशी से
बहुत नाआक़िबत अंदेश फूलों के तबस्सुम से
बहुत बेदाग़ कलियों की जवानी से
बहुत बेताब भंवरों के हवस-आमेज़ ज़ौक़े-शादमानी से
उसे भी ख़ौफ़ आता है, मुझे भी ख़ौफ़ आता है
बहुत ही तेज़ भड़कीले सुरों पर रक़्स करते शोख़ रंगों से
बहुत ही क़ीमती, उजले लिबासों से

बहुत ही मुशतइल कर देने वाली मस्त ख़ुशबू के संदेसों से
बहुत ग़मनाक नग़मों और बहुत बेबाक गीतों से
बहुत अफ़्सुर्दा ग़ज़लों और नज़्मों से
बहुत ही पागलों जैसी मुहब्बत करने वालों
और उनकी बेनतीजा दास्तानों से
बहुत ऊँचे दरख़्तों पर
बनाये जाने वाले तिनका-तिनका आशियानों से
उसे भी ख़ौफ़ आता है, मुझे भी ख़ौफ़ आता है
बहुत चुपचाप गलियों में
बहुत पहले ज़मानों से खड़े ऊँचे महल्लों से
बहुत नीची छतों वाले मकानों से
बहुत क़ुरबत में रहकर फासलों, पर्दों, हिजाबों से
बहुत मुबहम सवालों और नाकाफ़ी जवाबों से
बहुत ही थोड़ी मुद्दत में ज़बरदस्ती मुकम्मल होने वाले
ख़ुश्क और बोझल निसाबों से
बहुत सदियों के बाक़ी मांदा, दीमक ख़ुर्दा नुस्ख़ों
और ग़ुबारआलूद मतबूआ किताबों से
और उनमें जा-ब-जा बिखरे हुए सूखे गुलाबों से
उसे भी ख़ौफ़ आता है, मुझे भी ख़ौफ़ आता है

☪

सरे-फ़ेहरिस्त

मैं उसके हाँ सरे-फ़ेहरिस्त हूँ
ये ठीक है लेकिन
ये वो फ़ेहरिस्ते-बेमसरफ़ है
जो उसके बहुत मसरूफ़ दिल ने
अपनी ऐसी गुमशुदा चीज़ों के बारे में बनायी है
कि जिनका ढूँढना तो इस क़दर मुश्किल नहीं है
हाँ मगर
ये उसकी तर्जीहात में शामिल नहीं है

☪

अजोधन

दहलीज़े-तलब पे इस्तादाह
आहंगे-समां सुन रहा हूँ
ख़ुशबू-ए-मज़ार आ रही है

पत्थर न हो जाना

ठीठरते ज़हन पत्थर हैं
चटख़ते टूटते दिल आइने से हैं
उजड़ती महफ़िलें गिरते हुए पत्ते हैं लम्हों के दरख़्तों के
बिगड़ते अक्स हैं कुछ दूर होती साअतों जैसे
अधूरे ख़ाब बुनना आँख की तक़दीर में लिक्खा हुआ है
और घरों के बामो-दर चुप हैं
नज़ूले-क़हर के आसार ज़ाहिर हैं
यहाँ उतरें तो पर जल जायें रहमत के फरिश्तों के
दिलों की सरज़मीनें गुलज़मीनें थीं
मगर अब एक दहशतनाक बंजरपन का सन्नाटा है
अब कुछ भी नहीं है
इक नए मौसम की आहट आ रही है
अब नए बरगद उगेंगे उलझनों के
ऐ सुलगती धूप में जलते अकेले आदमी
पत्थर न हो जाना

कीमिया

आदते-ज़ब्त अपना सको तो बड़ी बात है

इसलिए के यही ज़ब्त

किबरीते-एहमर है, इक्सीर है

और ये अंदर की तुग़ायानियाँ, सैले-सीमाब हैं

मन के शफ़्फ़ाफ़ आँचल के पल्लू में रख लो इन्हें

और अज़ीयत की चिंघाड़ती दलदलों पर

मिरे नाम की कश्तियाँ बांध लो

इस तमन्ना के इन गूंजते आबशारों के उस पार जो सरज़मीं है

बहुत ही हसीं है

यूंही क़तरा क़तरा पिघलती रहोगी तो घुल जाओगी

अपनी पलकों के इन मोतियों को तहे-दिल में रख लो

तो फिर इस सदफ़ में वो गौहर ढलेंगे

जो चश्मे-ज़माना ने देखे न होंगे

और इनमें

मिरे दिल में बिखरे हुए मोतियों के सभी रंग होंगे

अगर अपने जज़्बात पर ज़ब्त की मश्क़ कर लो

तो कुंदन हो तुम, कीमिया हो

कोई खोट वाला तुम्हें जब छुएगा

तो उसके सभी खोट धूल जाएंगे

ज़ंगआलूद दिल पर पड़े

कुफ़्ल जितने भी होंगे, वो खुल जाएंगे

एक हुजर:-ऐतकाफ़ के सामने

दूधिया संगेमरमर की इस जाली के उस पार
वो बैठा करता था
जिसके नाम का, मेरे नाम के इक इक हर्फ़ पे साया है
बाबा !
तेरे नाम पे धब्बा, तेरा बेटा
अपना ख़ाली दामन लेकर तेरे दर पर आया है
उसकी सूखी आँखों के कश्कोल में
अपने उजले-उजले अश्कों में से
इक दो बूँदें भीख अता कर
इसके फैले हाथों को
अब अपने दस्ते-करम में ले ले

गहरे नीले पर्दों वाली खिड़की

शायद पिछले डेढ़ बरस से मेरे साथ कुछ ऐसा है
अक्सर जब भी दिन और रात में टक्कर होने लगती है
तो बेहंगाम तसादुम से
मैं अपना आप बचा कर भाग निकलता हूँ
पैंसठ सीढ़ियाँ चढ़कर
जब मैं अपने घर में आता हूँ
तो मोटे-मोटे, गहरे नीले पर्दों वाली खिड़की
मुझसे कहती है कि
बाक़ी सब कुछ बाद में करना
आओ पहले मुझको खोलो
बाहर झाँको
बाहर भी इक पर्दा है
जो सूरज चाँद सितारों जितना अच्छा है
देखा है ?
उस हल्की नीली वुसअत में
इक खिड़की जितना मेरा भी तो हिस्सा है
तुम अपनी सारी टूटी फूटी हिम्मत मुझको दे दो
आओ मुझसे मेरा हिस्सा ले लो

मंज़र

साल-हा-साल से उसका मामूल है

हर नए साल से पांच दिन पहले

वो ज़र्द होती हुई दोपहर में

मिरी याद के सब्ज़ जंगल में जाते हुए

रास्ता भूलकर उस तरफ़ जा निकलती है

जिस सम्त सदियों से ठहरी हुई एक चुपचाप सी झील है

झील में एक कंकर गिराकर

वो आँखों ही आँखों में मल्हार गाती है

और सरफिरे शौक़ में

एक ताऊसे-सरमस्त को

बारिशे-इश्क़ में भीगते, रक़्स करते हुए देखती है

मगर बारिशे-इश्क़ की इस क़दर मोटी बूंदों में ख़ुद भीगती ही नहीं

स्टोन मैन

मैं मौजे-आब हूँ

लेकिन सफ़र की आख़िरी मंज़िल तक आते-आते

पत्थर हो गया हूँ

और मिरी हिजरत का ये अंजाम भी आग़ाज़ जैसा है

ये क्या सहरा-ए-गुरबत है

ये क्या दश्ते-अज़ीयत है

ये कैसी सरज़मीं है, जिसमें साया है, न पानी है

परिंदे हैं, न उनकी नग़्माख़ानी है

मैं पत्थर हूँ

मगर महसूस करता हूँ

मिरी तह में वो मौजे-आब अब भी गुनगुनाती है

रगों में मेरी गुमगश्ता रवानी, सांप बनकर सरसराती है

किसी के जाविदाँ होंटो

मुझे छूकर चटानों पर जमी ये बेहिसी की बर्फ़

पिघला दो

कि मेरे हाथ पर

प्यासी ज़मीं सैराब करने की लकीरें हैं

किसी की जाविदाँ आँखो

मुझे भी अपने ख़ाबों की तरह सरसब्ज़ कर डालो

कि मैंने एक मुद्दत से कोई मौसम नहीं देखा

तीसरे दर्जे की ख़ाहिशें

हमारे नाम:-ए-आमाल में जुर्मो-सज़ा की दास्तानें मुख़्तलिफ़ हैं
और हमारी दास्तानों के मुक़द्दर में
किसी तक़्दीस के मब्लूस में लिपटी हुई तश्हीर की लज़्ज़त नहीं कोई
हमारे नाम:-ए-आमाल में लिक्खी हुई ये दास्तानें
अस्ल में, नीयत के तने-तन्हा जज़ीरों में उगे
ख़ाहिश के वो फलदार पौधे हैं
कि जिनका फल कभी पकता नहीं है
और उनको पानी देने वाला बूढ़ा भी अजब ख़ब्ती है
पानी देता जाता है, कभी थकता नहीं है
एहले-दिल की ख़ाहिशें
इस किश्वरे-दादो-सितद में तीसरे दर्जे की शहरी हैं
स्टेटस के मुताबिक़ ही इन्हें दुनिया प्रोटोकॉल देती है

डर लगता है

डर लगता है, हसमुख लड़की, डर लगता है
डर लगता है तुमको भी कोई क़त्ल न कर दे
तुम भी किसी मसरूफ़ सड़क पर
तड़प-तड़प कर मर ना जाओ
पढ़ने निकलो, लौट के अपने घर ना जाओ
पर्स में कोई उल्टा सीधा ख़त ना पाया जाये
जीती जागती ज़िंदा पहेली
मौत के बाद भी सारी दुनिया तुमको बूझ न पाये
डर लगता है
शहर में, एक महीने में
ये तीसरा ऐसा क़त्ल हुआ है
तुम भी बिलकुल पागल हो
जो मिनटों में हर एक से घुल मिल जाती हो
और बच्चों जैसी बातें करने लगती हो
बाहर तो उजलाहट है पर
अंदर जाने क्या है, या तो
तितलियाँ उड़ती फिरती हैं
या काला नाग छुपा है
किसको पता है ?

अच्छे-अच्छे फूलों को
हम मसल के ख़ुश क्यों होते हैं
ये हंसते-खेलते चेहरे हमको
अच्छे क्यों नहीं लगते

दफ़ीना

शफ़क़ की हिना रंग चादर तिरी ओढ़नी थी

मिरे नाम का हर्फ़े-अव्वल, तेरी ओढ़नी के किनारों पे

माक़ूस तज़ईनी ख़त में

बरेशम की ज़र्दी से लिक्खा हुआ था

मिरे हाथ की अक़्लो-दिल की लकीरें, बहम शक्रो-शीर होकर

हथेली के आदाब से सरकशी पर मुसलसल बज़िद थीं

मगर बीच में आ पड़ी थी फ़सीले-ज़माना

मुझे इन झरोखों में दिन भर, हवाएं सुनाती रहीं

तेरी पलकों की चिलमन से छनती हुई दोस्ती का फ़साना

बहुत दूर हद्दे-नज़र पर

दरख़्तों के सरसब्ज़ गुम्बद से गिरती हुई आबशारे-तरन्नुम में

घुल-घुल के बहता रहा तेरी गुंचालबी में चटकता तराना

मैं तन्हाई का एक कोहे-गिराँ अपने दिल पर उठाये चला आ रहा हूँ

वहीं इस खंडर में कहीं दफ़्न करके

तिरे साथ गुज़री हुई साअतों का ख़ज़ाना

फूल साँस लेते हैं

रौशनी की नगरी में
रंगो-बू की बस्ती में
सुब्ह की ख़मोशी में
एक राहदारी के
आख़िरी किनारे तक
चाप कोई क़दमों की
एक तंग कमरे के
नीमवा किवाड़ों पर
इक शरारती दस्तक
एक खिलखिलाहट सी :
"क्या मैं अंदर आ जाऊँ ?"
इक थकन भरा लहजा :
"आयें ! काम था कोई ?"
ज़िन्दगी से ताबिन्दा
उजला-उजला इक चेहरा
फूल कुछ तरो-ताज़ा
चंद बातें रस्मी सी
रोज़मर्रा के जुमले

रौशनी की नगरी में
लम्बी राहदारी के
तंगो-तार कमरे में

आज भी ख़मोशी थी
रंगो-बू की बस्ती में
उसका आख़िरी दिन था
फिर दरे-मलामत पर
एक नुक़रई दस्तक
उसने आज भी अपने
क़हक़हों की ख़ुशबू में
भीगे-भीगे फूलों का
एक ताज़ा गुलदस्ता
मेरी मेज़ पर रक्खा
सब्ज़-सब्ज़ पत्तों में
मुस्कुराते जाते थे
फूल सारे रंगों के
रंग सब उमंगों के
देर तक हुई बातें
गिर्दो-पेश पर तारी
आज कुछ उदासी थी
वक़्त की रवानी में
ये भी मोड़ आना था
उसने इन फ़िज़ाओं को
यूँ भी छोड़ जाना था
जाते जाते ताक़ीदन

उसने ये हिदायत दी :
"खिड़कियां खुली रखना,
फूल सांस लेते हैं"

रौशनी की नगरी में
अब भी है वही सब कुछ
अब भी उसके पेड़ों में
सुब्ह चहचहाती है
अब भी उसके फूलों में
शाम गुनगुनाती है
अब भी उसके सब्ज़े पर
रात रक़्स करती है
लोग आते-जाते हैं
हंसते मुस्कुराते हैं
लेकिन अब नहीं आती
दिल की राहदारी में
चाप कोई क़दमों की
अब न कोई दस्तक है
रूह के किवाड़ों पर
अब न खिलखिलाहट है
हब्स के जज़ीरे के
आख़िरी किनारे पर
और इक ज़माने से
मैंने ताज़ा फूलों को

पास से नहीं देखा
लेकिन एक जुमला है
जिसमें अब भी हिद्दत है
जिसमें अब भी कुव्वत है
शमअ बन के जो अब तक
ताके-जां में रौशन है
बेजिहत सफ़र में जो
रास्ता सुझाता है
दर्द के भंवर में जो
हौसला बढ़ाता है
काम ख़त्म करने में
हाथ जो बंटाता है
रोज़ सुब्ह, कमरे में
मेरे आने से पहले
फूल बन के आता है
दोपहर की सरहद तक
मेज़ पर महकता है :
"खिड़कियां खुली रखना,
फूल सांस लेते हैं"

इस तरह की बातों में एहतियात करते हैं

ज़िन्दगी की राहों में
बारहा ये देखा है
सिर्फ़ सुन नहीं रक्खा
खुद भी आज़माया है
तजरुबों से साबित है
जो भी पढ़ते आये हैं
उसको ठीक पाया है
इस तरह की बातों से
मंज़िलों से पहले ही
साथ छूट जाते हैं
लोग रूठ जाते हैं
यह तुम्हें बता दूँ मैं
चाहतों के रिश्ते में
फिर गिरह नहीं लगती
लग भी जाये तो उसमें
वो कशिश नहीं होती
एक फीका-फीका सा
राबिता तो होता है
ताज़गी नहीं रहती
रूह के तअल्लुक़ में
ज़िन्दगी नहीं रहती

बात वो नहीं बनती
दोस्ती नहीं रहती
लाख बार मिल कर भी
दिल कभी नहीं मिलते
ज़हन के झरोखों में
याद के दरीचों में
तितलियों के रंगों के
फूल फिर नहीं खिलते
इसलिए मैं कहता हूँ
इस तरह की बातों में
एहतियात करते हैं
इस तरह की बातों से
इज्तनाब करते हैं

वही मैं हूँ, वही मेरी कहानी है

वही क़िस्सा मिरे दिल का

दिले-वहशतज़दा पर बादलों की तरह उस उमडे हुए बेनाम मौसम का

कि जो बेनाम तो था ही, कई बरसों से बेमानी भी होकर रह गया है

और ये मैंने इसलिए लिक्खा है

क्योंकि मैंने इसके मानी

(बेहद मआज़रत के साथ)

अब तक

कम्प्यूटर के ज़माने के किसी ज़रखेज़तर दिल के लुग़ात में भी नहीं देखे

मिरे जज़्बों के शाख़ो-बर्ग पर

बेशिरकते-ग़ैरे, यही मौसम है जिसकी हुक्मरानी है

वही मैं हूँ, वही चारों तरफ़ रक़्सां मिरी अफ़्सुर्दा-शब है

और वही मेरी थकी हारी हुई, जागी हुई, रोयी हुई आँखों का

सन्नाटे के रंगों जैसा आँगन है

वही ख़ाबे-तलब है

और वही दर्दे-शिकस्तापा, जो शायद ग़ैर-रस्मी तौर पर

इस दिल के अब तक ज़िंदा रह जाने का तने-तन्हा सबब है

और वही किरदारे-बेजा, जो मेरी तक़दीर से मंसूब होकर

इस मुसल्लत-करदा, यकतरफ़ा कहानी के किसी अंधे कुएं में

निचली ज़ातों के, स्यंवर जीत जाने वाले, बदक़िस्मत जरी की तरह

कब से जां ब-लब है

हाँ वही इसकी कहानी है

जो आदम और हव्वा की नदामत के ज़माने से भी कुछ अरसा पुरानी है

कहानी का सफ़र जारी है
ये भी इर्तेक़ा का एक फ़ितरी, एक तदरीजी अमल है
जो असातीरी खिलौनों को
किसी तारीख़ की तदवीन तक
ज़ीना-ब-ज़ीना लाके
उनको मस्ख़ कर देता है, उनमें उनका अपना भोलपन रहने नहीं देता
और इस पर ये कि उसका जब्र
इस बारे में रावी को
किसी भी शख़्स से
इक लफ़्ज़ भी कहने नहीं देता
कहानी में मेरा किरदार ही मैं हूँ
वही मैं हूँ, वही मेरी कहानी है

ख़लीज

ऐ मुझसे मिलके अपने ख़ोल में घुसने की कोशिश करने वालो

ऐ हसीं लोगो

ऐ दिल के दर्द से नाआशिना, दिल के करीं लोगो

मुझे लगता है तुमसे मिलके अक्सर यूँ

कि जैसे इस कुरे पर अब अकेला मैं ही ख़ाकी रह गया हूँ

और कुरलाती हुई इक कूंज के मानिंद तनहा हूँ

बजुज़ मेरे नहीं है कोई दाग़ इस डोलती, उजली, धुली दुनिया के दामन पर

ज़मीं पर अब नहीं है कोई फ़रज़न्दे-ज़मीं लोगो,

अगरचे तुम हो, लेकिन तुम

मगन अपनी उड़ानों में, सरे-अर्शे-बरीं, लोगो

बसेरा है तुम्हारा तो तमन्नाओं की शहदो-शीर जन्नत में

हवस के लहलहाते सब्ज़:-ओ-गुल में

तलब के हौज़े-कौसर पर

जहाँ की ख़बरें हम जैसों की क़िस्मत में नहीं

ऐ बाहुनर और बेयक़ीं लोगो

तुम्हारी ज़ात की गहराइयों, पहनाइयों के पेचो-ख़म की

सब तहों की, सारे परतों की

नहीं कोई ख़बर हमको

गुलाबो-यासामीं लोगो

तुम्हारे दिल की नामालूम बर्फ़ आलूद झीलों पर

न जाने रक़्स करते अब्रपारों के ग़ज़ालों का

न जाने नीले-नीले आसमाँ की भोली-भाली वुसअतों का हुस्न कैसा है

ख़ुदा जाने तुम्हारे दिल के कोहे-बेसुतूं की घाटियों में

कितनी नादरयाफ़्त ग़ारें हैं

और उन ग़ारों में, लौहे-संगे-ख़ारा पर

ख़ते-मेख़ी में, किन अहदों के रंगो-नूर से मामूर तारीख़ें

मुअल्लिक़ हैं, मुहज्जिर हैं

बज़ाहिर रेशमी लोगो

तुम अक्सर ग़ीबतों की ऐनकें आँखों पे रक्खे

तुहमतों की ख़ुर्दबीनें हाथ में लेकर

तअस्सुब की सुलगती धूप में बैठे हुए होते हो

चाय पीते, अख़बारों, रिसालों की वरक़-गरदानी करते

और सिद्क़े दिल से गप्पें हांकते हो

आफ़ताबी बैठकों में बात चलती है

तसव्वुफ़ पर, अदब पर, जिंस पर, महंगाई पर, अशया की क़िल्लत पर

मक़ामी और आफ़ाक़ी सियासत पर

ख़लीजी पानियों के पेट में पड़ते मरोड़ों पर

मयीशत की रगों में दौड़ने वाले ज़रे-सैय्यल के नायाब हो जाने प

और इसके अवाक़िब पर

जहाने सुर्ख़ के एवाने-ख़ासुल-ख़ास के गिरते सुतूनों पर

किसी मक़बूल चेहरे के किसी ताज़ा scandal पर

नए तजवीज़ होने वाले तनख़ाहों के कुछ बेहतर सकेलों पर

किसी साथी के move over पे, या उसकी promotion पे

या हुक्कामे-बाला के किसी notification पर

मुलाज़िम पेशगी की तीस या बत्तीस साला ज़िल्लतों के उस ज़ियाने मानवी पर

जो ज़मीरों की मशीनों को तलाफ़ी का कभी मौक़ा नहीं देता

तुम्हारी गुफ़्तगूओं में तो homosexual relationing पर

योरपी दानिशवरों की ताज़ा तहक़ीक़ात के फ़ुज़ले भी होते हैं

किफ़ायत में मुहारत ने

मुरव्वत के मुरव्विज सिलसिलों से भी तुम्हें महफ़ूज़ रक्खा है

बचत में जो यदे-बेज़ा ख़ुदा ने तुमको दे रक्खा है

उसको देखकर मुझको तुम्हारे हाथ पर बैयत की ख़ाहिश है

तकल्लुफ़ और तसन्नो में तख़स्सुस की फ़ज़ीलत ने

तुम्हें किज़्बो-रिया और क़िब्रो-नख़वत की जो ये दौलत अता की है

तो अब तुम हक़ बजानिब हो

ज़बां की तेज़ियों के जौहरों में जीने वालो, तुम फ़रिश्ते हो

मगर लगता है जैसे गुर्गे-बारांदीदा हो और घात में हो तुम

उयूबे-दीगरां की जुस्तुजू में

नुक़्ता-चीं लोगो

सरे-दश्ते-जहालत हो किसी भाई की सूखी लाश की शहरग चबा लेने के दरपे

ऐ पढ़े लिक्खे, ज़हीं लोगो

तुम्हें मुरादारख़ोरी से ज़रा भी घिन नहीं आती

ऐ मारे-आस्तीं लोगो

मैं etiquette से वाक़िफ़ नहीं हूँ, जानता हूँ मैं

मैं अपनाने को ये आदाब अपना लूँ

मगर मुझमें ये अहलियत नहीं

अफ़सोस है, मुझमें, मिरे दिल में

किसी के ऐब को enjoy करने की सलाहीयत नहीं कोई

मैं दानिश्वर नहीं हूँ

मैं फ़क़ीरे-बेनवा, दर्वेशे-बेमाया हूँ

इन वसफों से आरी है मेरी तब:-ए-हज़ीं, लोगो

मुझे इस बारे-ख़ातिर दिल की

ऐसी ख़ुश्कियों, नाअहलियों, कमज़र्फ़ियों, बदज़ौक़ियों पर सख़्त अहसासे-नदामत है

तुम्हें जिनसे शिकायत है

हक़ीक़त है तुम्हारी तबअ-ए-नाज़ुक की परेशानी का संगीं सानिहा

मेरे लिए वजहे-अज़ीयत है

ऐ मेरे हमनशीं लोगो

मगर अब मैं

बहुत काले पहाड़ों में घिरे

इस सुर्ख़ मिटटी वाले क़स्बे में

तुम्हारे दायरे में आ गया हूँ

पेट के दोज़ख को भरने के लिए

चलती हुई चक्की के जाबिर चक्करों में पिस्ते-पिस्ते

अब तुम्हारे रास्ते में आ गया हूँ

तुम्हारे रास्ते में हूँ, मगर पत्थर नहीं हूँ मैं

मिरा तल्ख़ाब:-ए-जाँ भी गवारा हो कभी

ऐ अंगबीं लोगो

मिरे सीने की सिल जो ख़ानदाने-संगे-अस्वद से, है

उसके नीचे सचमुच एक दिल है, जो धड़कता है

जिसे अंदाज़ा हो जाता है

जश्ने-हा-ओ-हू में एक तहक़ीराना ख़ामोशी का और बेऐतनायी का
किसी यख़बस्ता माथे पर शिकन बनकर चमकती कम-निगाही का
जिसे अंदाज़ा हो जाता है मेरी और अपनी सुबकियों का
दिल सियाना है, समझता है
कि बाज़ औक़ात इन बातों में नादानिस्तगी की कारफ़रमाई भी मुमकिन है
मगर बेरंग ख़ामोशी उसे तकलीफ़ देती है
वो पागलपन से रो पड़ता है, महफ़िल में, वहीं, लोगो
सदा आपस में फूलों की तरह हसते रहो, ख़न्दा जबीं लोगो
कभी तुमको न देखें रोज़ो-शब् आंदोहगीं लोगो
मुझे आईनाकारी, रंगरेज़ी, लफ्ज़साज़ी, शेरबाज़ी, ख़ुशनवाई, ख़ुशअदायी
का हुनर आता नहीं है
और ना मैं आबो-गिले-जज़्बात से कूज़ागरी के फ़न की बारीकी समझता हूँ
मिरे रंगों को, लफ़्ज़ों को सदा जानो
ये बे सामानी-ए-दिल है, इसे हुस्ने-तलब समझो
और इन सत्तों के फैले हाथ के ख़ाली मुक़द्दर को
मिरा कश्कोले-दरयूज़ा-गरी कह लो
तुम्हें या फिर तुम्हारे bank balance को
ख़ुदा इसको फुज़ूनी दर फुज़ूनी दे
भला क्या फ़र्क़ पड़ जायेगा कुछ ख़ैरात करने से
कहो, कुछ भी नहीं, लोगो
दिलों के आंगनों में, रूह के ताज़ा लहू पर पलने वाली
सोने चांदी की अमरबेलों के अंधे ख़ोशाचीं लोगो
तुम्हारे, ख़ैर के घटते ज़खाएर को
इस इक सरसब्ज़ नेकी के सिले में
जाने क्या क्या कुछ मिलेगा
हाँ तुम्हारी सूद में परवान चढ़ती सोच की सतहों को

इसका कुछ भी अंदाज़ा नहीं होगा
कभी दो बोल चाहत के
कभी इक दिलरुबा सी मुस्कराहट ही
कभी, इस वक़्त के रेले के अज़ख़ुदरफ़्ता भंवरों में
अगर मिल जाऊँ मैं तुमको कहीं, लोगो

ऐ मुझसे मिलके अपने ख़ोल में घुसने की कोशिश करने वालो
ऐ हसीं लोगो

हुरूफ़े-तहज्जी

फ़रिश्तों ने अब तक हुरूफ़े-तहज्जी न सीखे
इन्हें अब्जदे-इश्क़ से आशनाई नहीं है
बहुत दूर है इल्मे-अस्मा की मंज़िल
हमारे सफ़र का वो आग़ाज़
बालो-परे-ख़ुदशनासी की वो पहली परवाज़
जिसकी सताइश सहीफ़ों में उतरी हुई है
हुरूफ़े-तहज्जी के बीजो की नश्वो-नुमा
ऐसी मिट्टी में होती है
जो बादो-बारानो-आतिश की मस्जूद हो
जो वुजूदो-अदम की हदों के तहय्युन से
पहले से मौजूद हो

लज़्ज़ते-तशक्कुर

रोज़ो-शब की गर्दिश में
पांच मर्तबा देखो
रंग-रंग फूलों को
ऊँचे ऊँचे पेड़ों पर
जब हवा अज़ानें दे
जब परिंद उड़ते हों
सफ़ ब सफ़, फ़िज़ाओं में
आंसुओं की नद्दी से
ताज़ा दम वुज़ू करके
सक़्फ़े-अब्र के नीचे
जानमाज़े-सब्ज़ा पर
सजदारेज़ हो जाओ
तुम पे भी ये लाज़िम है
जैसे तुमसे पहले की
उम्मतों पे लाज़िम था
जिस तरफ़ भी रुख़ कर लो
उस तरफ़ वो चेहरा है
चेहरा चेहरा क़िब्ला है
आइनों का क़ाबा है
और कभी जो मुमकिन हो
जितना हो सके तुमसे
ख़ूने-दिल के दानों पर
उसका इस्म पढ़ लेना
ज़िक्र में तफ़क्कुर है
अहले-जज़्ब की ख़ातिर
आयते-तशक्कुर है

फड़फड़ाहट

कुछ आबी परिंदे मुझे ख़ाब में मिलने आते हैं
चुपचाप रहते हैं
खुलते नहीं

हमेशा मुझे अपने तकिये के नीचे से
शिकनों भरी फड़फड़ाहट
-नहीं उसकी ख़ुशबू-
जगाती है
और मैं परों की महक में
उड़ानों के बोसों की ज़म्बील काँधे पे रख्खे
निकलता हूँ घर से

मुनाजात

ऐ शीशागरे-हवासे-ख़म्सा
ये सनअते-ख़ास इस नगर की
देती है ख़बर तिरे हुनर की
मैं शहरे-जुनूँ को जाने वाला
इक फ़र्द हूँ यानी क़ाफ़िला हूँ
सौग़ात कोई मुझे अता हो
जो रू-ए-ज़मीं पर कमनुमा हो
इन पांच हिसों से मावरा हूँ

इस्लामाबाद में

दरख़्तों के जोड़ों की शहवत ने
जंगल को कितना घना कर दिया है
नुमु के हवाले से
इतना हवसनाक सब्ज़ा
कहीं मैंने देखा नहीं है
कोई पत्ता मसले बिना
तुम कहीं से गुजरने के चक्कर में हो तो
यहीं इस सड़क के किनारे ही ठहरो
यहाँ तक के इक दिन
तुम्हारे बदन से भी कुछ कोंपलें फूट निकलें

फ़रागात का ख़ुनक मौसम

फ़रागात के ख़ुनक मौसम में
दिल की नीम-तारीकी में बैठा हूँ
अकेलेपन की बेआराम कुर्सी पर
मैं बेहंगाम झूले ले रहा हूँ
और कई घंटो से मैंने इक
शिकन-आलूद बिस्तर की गवाही ओढ़ रख्खी है
किताबे-उम्र के कुछ बाब पढ़ कर
थक गया था मैं
अभी वहशत के क़हवे से
ज़रा तस्कीन पायी है

बुलावा
(हसन नवाज़ शाह के लिये)

सफ़र का बुलावा
जब आता है रुकता नहीं है
मैं सामान बाँधे हुए घर के आँगन में बैठा हुआ
मुन्तज़िर हूँ

समाअत के चुप और बेचैन सब्ज़े पे
आकर गिरा
ज़र्द होता हुआ एक ख़ल्वत-नशीं सब्ज़ पत्ता

बुलाया भी तुमने तो किस मौसमी रम्ज़ से
कितना दिलकश है ये इस्तआरा
इशारा
बहुत मेहरबाँ हैं मेरे साथ क़ासिद तुम्हारा